荣誉证书

江西高校出版社：

　　你社出版的《青少年素质读本•中国小小说 50 强》（50 册）荣获 2009 年冰心儿童图书奖。

冰心图书奖评委会
2009 年 11 月　韩素音 Han Suyin

青少年素质读本

中国小小说50强

Mininovel

冰心儿童图书奖获奖图书

中国现代文学馆馆藏

等待录取通知的那个夏天

胡　炎◎著

江西高校出版社

图书在版编目（CIP）数据

等待录取通知的那个夏天/胡炎著. —南昌：江西高校出版社，2009.3（2016.6重印）

（青少年素质读本·中国小小说50强）

ISBN 978-7-81132-545-4

Ⅰ. 等… Ⅱ. 胡… Ⅲ. 小小说—作品集—中国—当代 Ⅳ. I247.8

中国版本图书馆 CIP 数据核字（2009）第 044514 号

等待录取通知的那个夏天

丛书策划：尚振山

策划编辑：尚振山　周伟峰

责任编辑：魏文清　黄玉婷

特约编辑：村　流

作　　者：胡　炎

出版发行：江西高校出版社

社　　址：江西省南昌市洪都北大道 96 号（330046）

编 辑 室：（0791）88170528

市 场 部：（0791）88170198

网　　址：www. juacp. com

印　　刷：北京一鑫印务有限责任公司

经　　销：新华书店

开　　本：710×1000　1/16

字　　数：212 千字

印　　张：13.5

版　　次：2016 年 6 月第 2 版第 3 次印刷

书　　号：ISBN 978-7-81132-545-4

定　　价：24.00 元

序

　　这套《青少年素质读本·中国小小说50强》丛书精选了当今中国小小说界最具实力的50位作家，每人一部共50本书，所选作品也大都是这些作家的代表性作品。在即将付梓之际，出版者嘱余以序之，时间紧迫，惜不能将书稿一一细读，只能杂谈一点感受以求教于方家。

　　对中国小小说的发展和小小说作家的创作我一直比较关注。这套丛书中有不少作家我是认识的，许多作家的作品我也拜读过，印象深刻。其中不少作家的作品深深影响了中国青少年阅读近三十年，相当多的作品入选小学、中学、大学语文教材乃至国外的中文教材。还有的作品成为了中考、高考、研究生入学考试的试题。国内不少知名的刊物如《读者》《青年文摘》《青年博览》等也都曾转载过其中的篇章。

　　小小说近十几年发展很快，已经形成了一个不容忽视的文学现象。当前我们全国有一大批小小说作家，更多的、难以计数的读者则是它的忠实拥趸。许多小小说作家数十年如一日，潜心于这种文体的创作，正因了他们的不懈努力，才形成了如此纷繁茂盛绚丽多姿的小小说格局。很欣慰这套丛书基本上囊括了中国最优秀的小小说作家和他们的作品，不敢说没有遗珠之憾，但"鱼目混珠"肯定是没有的。通过这套丛书，读者可以窥望小小说作家们抱玉握珠的才华，可以领略当今中国小小说异彩纷呈的世界。

　　题旨深度的开掘、情感魅力的展示、艺术表达的精妙和难舍难弃的吸引力，从来就是小说家们追求的境界。而小小说，它独特的文体，对这一境界的实现规定了独特的美学要求。小小说的巨匠们，是"带着镣铐跳舞"的大师，尺幅之间，可窥千里，一颦一笑，堪叹人生。无论是题材的选择，还是角度的切入，是意境的营造，还是语言的特色，都与中长篇小说大异其趣。我很高兴小小说写家们都已参透堂奥，他们的思考与追求，也就有了很高的自觉性。其成果斐然，自是题中应有之义。

尽管小小说写好殊为不易，但相对来说，还是比较适合青少年阅读与学习的文体。短短一两千字内，用精准的文字讲述一个引人入胜、相对完整的故事，好看、好读、好玩，颇符合青少年的阅读心理和阅读习惯。小小说无论写人绘景状物，还是记叙抒情议论，诸多写作手法或技巧的运用，很能锻炼、考验习作者的想象力和文字功底。由此，这套丛书的定位——青少年素质读本，其良苦用心就显而易见了。在文化阅读市场普遍比较浮躁的当今，出版者能够静下心来，专注地为青少年学子编辑一套适合他们阅读的丛书，这是令人钦佩的。看得出，让青少年读好书，读有益于他们成长的书，是这家出版社的良苦用心。《青少年素质读本·中国小小说50强》的出版，在力争打造青少年及大众阅读出版的一个新标杆。

我相信，通过这套精心编选出版的丛书，将可能为中国青少年整体素质的提高做出一点贡献；同时也希望通过这套丛书，能培育出更多热爱文学热爱小小说的青少年读者和作者，因为中国文学的未来最终是属于他们的。

是为序。

中国作家协会副主席
中国现代文学馆馆长

目 录

等待录取通知的那个夏天

那是我人生中最漫长的一个夏天。

我的高考成绩很不理想，仅高出本科录取线三分。如果幸运垂赐我，我会走进大学的校门，而一旦稍有闪失，我就会名落孙山。

我的忐忑在逼人的暑热里不断发酵、膨胀……我开始失眠，接着，我的饭量迅速减少，一点胃口也没有。不久，我就瘦得皮包骨头了。

父亲常年在外，有一天，他突然出现在了我的面前。

"陪爸爸到乡下转转吧。"父亲说。

我不大情愿，但又不愿让父亲失望。

我们骑着车，穿过郊区，一直到了县城。父亲似乎有用不完的力气，总骑在我前面。后来，我们到了一条河边。说是河，水却枯了，裸露的河床是一片开阔的沙滩。对岸一片树林，蓊蓊郁郁的。父亲说："咱们到那儿乘凉。"沙子被日头烤得碳一样烫，脚刚踏上去，就被烧得跳起来。我唏嘘着，下意识地调转车头。父亲说："都大男子汉了，还那么娇气?"说着，自顾在前边深一脚浅一脚地走，虽吃力，却沉稳。我无奈，只得跟随。脚上的感觉渐渐只剩下了热，后来，连热也没有了，只有麻木。半个小时后，父亲上了岸，我还有段距离。我不能不钦佩父亲。父亲向我招手，给我加油。我也上岸了，一霎间，我有点想哭。

树林里的确是个好地方，荫凉很厚，而且有风，把疲惫一点点地舔了去。坐下来拿出双脚，才知父亲和我都有了轻微的灼伤。父亲说，这算个什么呀，他小时候天天就这样光脚跑，一点事没有。但是，父亲还是从附近掐了一些草，揉碎了，敷在我的脚上。过了会儿，父亲变戏法似的从沙子里扒出一个花生来。这是农民收割遗留下的，父亲说，这么大的沙滩，再翻找一遍至少能装满一个麻袋。父亲剥开花生，露出粉白的仁儿，放进嘴里，轻轻一嚼，由于沙子的烘烤，竟格外的香甜。

我们拣了截树枝，不停地在沙土里翻拣着，果真找到了不少花生，品尝了一顿天然的美味。

父亲说："现在感觉怎样？"

我笑了笑。我很久没有这么轻松地笑了。

父亲说："再难的事，一咬牙，也就挺过来了。"

休息了一阵后，父亲还未尽兴。我们骑上车，又启程了。这次，我们进了一片农民收摘后的果林。父亲说："这树上肯定还有果子，你能给爸爸摘一个解解渴吗？"我点点头。我很快发现了一个果子，但长得很高。我不怕，脱下鞋子爬树。爬到了粗大的树杈上，再爬，树枝越来越细，心里面越来越虚。我不能再爬了，但我多想把果子摘下来。这时，父亲在下边叫我："下来吃果子了。"我循声望去，父亲的手里竟托着好几个果子！我爬下树，心灰又自惭。父亲拍拍我的头："长果子的树不止一棵啊，总有适合你摘的，人活着，怎么能在一棵树上吊死呢？"

我默然无语。

第二天，父亲走了，我的心情却好了一些。我开始冷静地想一些事情，比如落榜后该怎么走，比如理想的院校未录取该怎么办。我有了思路，心中渐渐踏实了。

一段日子后，父亲又回来了。父亲拎上网，说："咱们去河里捉鱼吧。"父亲过去捉鱼捉得上瘾，只是这些年调往异地，少有闲暇，很少下河了。

我们沿着过去经常捉鱼的河走着。该下网了，可父亲不下。父亲说："走，往上游走。"这是我极熟悉的一条河，却又是我极陌生的一条河。人工的防护堤没了，花坛和草坪没了，代之以古朴的桑树、老槐、一人高的藤草和愈来愈分不清路的小径。一股沟汊，两股沟汊……蜿蜒着，交汇起来。水清得像空气一样透明，螃蟹在临水的洞口和水中的石块上悠然地爬行……

我有些沉醉了。

父亲说:"多走几里路,不一样了吧?"

我使劲点点头。

父亲笑着从口袋里掏出一封信,递给我:"看看吧,你的。"我接过来,意外的惊喜让我一下子痴得手足无措:我被第一志愿录取了,幸运之神站在了我的身边!

父亲说:"祝贺你,孩子!以后,还得走得再远一些,像这河,追求无止境啊。"

我的泪潸然而下。我突然明白,我刚刚走过了我生命中一个至关重要的夏天。那是父亲给予我的夏天,让我受益终生。

微笑的雪山

关小山在西藏边防部队当兵，这里是高山雪原，不用说，条件十分艰苦，可关小山留给战友们最深的印象是：微笑。这小子从踏上雪山第一天起，就把一张笑脸送给了大伙，因此，大伙也都特别喜欢他。

关小山口袋里有一件宝贝，那是他女朋友小娟的照片。姑娘长得特别水灵，一点不像农村人。战友们寂寞了，无聊了，就说："小山，把你的娟妹子给咱解解眼馋。"关小山不掖不藏，大大方方地把照片拿出来，战友们一边看一边嫉妒地说："你小子桃花运可真不错，说说，你耍了什么把戏把人家骗到手的？"

关小山狡黠地笑着，说："这可是咱的武林秘笈，哪能轻易泄露？"

照片传到了五大三粗的庄大炮手里，只见他瞪着一双牛眼，夸张地吸溜着哈喇子，猛地在照片上亲了一口，嘴里还说："这么标致的妹子，要是个物件该多好，咱兄弟一人一半。"

关小山一点也不恼，反而得意地笑开了花："怎么样，味道不错吧？人是我的，照片你随便亲。"

雪山与外界遥遥相隔，日子难免单调。临近中秋节，不少战友想家。可关小山照旧天天一副笑脸，庄大炮问他："你小子就不想家？"

"想家干啥，哪有咱哥们儿在这大雪山舒服？"

庄大炮撇撇嘴："骗鬼吧，不想爹不想娘，还能不想你的娟妹子？"

关小山嘿嘿乐了。说不想是假的，关小山夜里偷偷给小娟写信，让她给爹娘捎话，他一切都好，不要惦记。当然，信的末尾没忘了两个字："吻你。"庄大炮悄悄溜到他身后，突然把信抢过来，看到那个"吻"字时，鼓着牛眼问："小山，这个字咋念？"

关小山不羞不臊，给他念了一遍。庄大炮还是不明白："这吻是个啥意思？"

关小山一脸坏笑，故意卖着关子："吻嘛，就是握手的意思。"

庄大炮说："不过瘾，换了我就说亲你。"

关小山笑得前仰后合，庄大炮还以为自己把关小山逗乐了，也咧着大嘴哈哈大笑起来。

转眼，中秋节到了。晚上，战友们搞联欢。虽然气氛热烈，但对亲人的思念还是让大家的情绪沉重了不少。这时，关小山突然笑眯眯地登了台，说："下面，我给大家表演一个节目，大家呱唧呱唧。"

只要是关小山的笑脸一出场，大伙就开心不少。一阵掌声后，关小山变戏法似的从口袋里掏出一封信，清清嗓子说："现在，表演正式开始。我表演的节目是：我的情书。"

大伙都乐了，纷纷催促他赶快念。关小山撇着南腔北调的普通话，把小娟刚来的信给大家念起来，到了最后一段，关小山改了词："各位大哥们：你们别挂念我，我很好，爹娘都好，等明年夏天，我去看你们。你们亲爱的小娟。吻你！"念到这里，关小山来了一个响亮的飞吻，荡漾出一脸醉笑。

果然，关小山的情书让大家的情绪都高涨了起来，一阵哄笑后，有人唱家乡小调，有人说笑话，有人表演起了自编的三句半，就连庄大炮也扯着牛嗓子唱了一段河南豫剧。

回到宿舍，庄大炮缠着关小山，问小娟是不是明年真的会来。关小山甜蜜地点点头。庄大炮激动起来了，连声说着"太好了"，好像要来的是他媳妇似的。关小山朝他肋巴上捅了一拳："又想着分给你一半的美事了？嘿嘿，放心，美事我干，美梦归你。"

冬天到了，气候越来越恶劣。这天，关小山和庄大炮等战友外出巡逻，突然一阵狂风刮来，军犬被刮得脱了缰，关小山奋力追赶，不料脚下一滑，滚下了山崖……

万幸，关小山没死。战友们把他救回去后，关小山整整昏迷了一个星期。没想到，这小子一睁开眼，看到旁边的庄大炮，嘴角一动就是一个可爱的微笑。庄大炮眼窝湿了，说："你小子，我真怕你醒不过来了呢。要是没了你，我都不知道该怎么办了。"

关小山说："哪能呢，我命大福大造化大，阎王老子给我说了，我欠这雪山八十年笑脸，想走也走不了啊。"

庄大炮憨憨地笑了。

第二年夏天，庄大炮又寻思着小娟来的事了。关小山说："你这个傻大炮，这儿是女人来的地方吗？我那是逗着玩的，你要是想她，今晚我把照片借你搂着睡一夜。"

庄大炮搔搔头，不好意思地笑了。

日出月落，雪山边防的日子终于要画句号了。在退伍的前夕，关小山又收到了一封信。庄大炮问他信上写的啥，关小山幸福地笑着，说："家里洞房都准备好了，小娟等着和我结婚哩。"庄大炮羡慕得不得了，又要讨信看。关小山推开他，说："太肉麻了，不准看。"庄大炮说："等着，早晚我得去你家，好好看看咱的娟妹子。"

不久，关小山微笑着告别了雪山，告别了战友。

一年后，庄大炮专程来看关小山。这是一个贫穷的乡村，关小山已经被村民选为了村主任，正带领乡亲们修路。一见庄大炮，关小山还是那副可爱的笑脸，庄大炮激动地和关小山来了一个拥抱，这笑脸他太怀念了。

关小山把他拉到家，庄大炮里外看了一圈，只有关小山老父亲一个人。庄大炮问："小娟妹子呢？"关小山把他按在椅子上，说："回娘家了，大炮，你先坐，我去整两个菜，咱哥儿俩好好喝几杯。"说着，便熟练地系上围裙，去了灶房。

庄大炮跟关小山的老父亲搭话，才知道老人精神有些痴呆。这时，关小山上了酒菜，两人话不多说，先碰了三大杯。庄大炮又想问关小山的家事，可关小山只顾劝他喝酒，只字不提家里的情况。庄大炮终于觉得不对味儿，把酒杯放下，说："小山，你别以为我憨，我一没见老娘，二没见小娟，你实话告诉我，家里到底出了啥事？"

关小山把一杯酒一饮而尽，说："好吧，我告诉你，其实在我退伍前，我收到的那封信不是小娟的，而是一个邻居照我爹的意思代写的。信上说，我娘三个月前去世了，爹怕我伤心，所以没告诉我。小娟她……半年前就跟一个男的走了。爹是担心我退伍回来受打击，所以提前给我打了个预防针。从那以后，我爹受了刺激，精神就越来越恍惚……"

庄大炮怔了，张着大嘴呆呆地愣了老半天。末了，他鼻子一酸，问："那你为啥不把真相告诉我，为啥你还笑着离开了部队？"

关小山望着远处，那里正是雪山高原的方向，说："咱守雪山走高原的爷儿们，连阎王都不怕，还有啥能让咱撑不住的？我关小山离开部队，没啥可留的，就把咱的笑永远留给雪山吧！"

关小山说完，豪迈地笑了起来。可庄大炮分明看到，关小山的眼睛里闪动着晶莹的泪花……

收破烂的女人

收破烂的女人每天都会来我们的楼下，很洪亮地叫："谁家破烂拿来卖啦——"楼上的人，几乎都和女人打过交道。

收破烂的女人挺脏，一身旧衣服常常污着尘垢，脸上也蹭得黑一块灰一块的。因了这脏，大家对她的脸都不怎么注意，倒是她的声音，蛮悦耳的，叫大家都记住了。

有时没有破烂收，女人就握个自制的耙子，到垃圾道里翻拣，也小有收获。这时的女人，就像只觅食的老鼠。

这是底层人的生活，偶尔会得到我们些许麻木的怜悯，而更多时候，我们几乎完全把她忽略了，就像那些破烂、垃圾一样，她只是一个微不足道的存在。

我女儿是最讨厌这个女人的。每逢女人来我家收酒瓶、报纸之类的废品，她都下意识地捂着鼻子，躲得远远的，孩童的目光里竟有深深的鄙视。现在的孩子们哪，优越感太强。

"这女人真脏！"女儿说。

我不置可否。

对于女儿，我的心思都在她的学习上。女儿七岁，算得上聪明，可就是贪玩，粗心，成绩只是中上等。我问她："你们班谁的成绩最好？"

"刘亚非。"

"他各方面都很优秀吗？"

"对，他还是我们的学习委员呢。"

看得出，女儿对这个刘亚非，是很佩服的。女儿说，刘亚非没有父亲，妈妈也下岗了，是个不幸的孩子。我感叹，穷人的孩子早当家啊，人穷志不短，往往有一种奋斗精神超越了现实的苦难。

"你要向刘亚非学习呀。"我说。

一向倔强的女儿没有反驳。

这天中午，我去学校接了女儿，带她到附近一个小菜馆吃饭。忽然，女儿惊喜地朝临桌喊："刘亚非，你好！"

我循声望去，一个小男孩，很干净，很漂亮，在他的旁边，还坐着一个女人，同样的很干净，很漂亮。刘亚非礼貌地回应着，并介绍旁边的女人："这是我妈妈。"那个女人也转过脸，看到我，像是遇到了熟人，莞尔一笑："这么巧，也来吃饭呀？"

我懵懂地点着头。这女人我不认识，但她的眼神，又似乎在哪里见过……

下午我没事，一直呆在家上网。近五点钟的时候，收破烂的女人又来了，照例地发着她的女高音："谁家破烂拿来卖呀——"

我提了些废物，走下楼去。女人显然从风尘中一路走来，衣服脏着，脸黑着。见了我，笑了："今天可太巧了，咱们的孩子还是同班同学呢。"

我顿然明白了，那个眼神，那个柔弱中透着坚强和乐观的眼神……

"是呀，真荣幸，你的儿子太优秀了！"我说。我的声音里第一次充满敬意。

在这个世界上，有多少挣扎在底层的人，栉风沐雨，忍着饥寒，为生存而奔波。但他们有韧性，有信念，有常人难以想象的承受力。在许多优越者的视线之外，他们的人格依然像苍松一样挺立、生长……

是的，在我眼前，就是这样的一个女人，一个很干净、很漂亮的女人。

烟雨江山

细雨霏霏，浩渺混浊的江水和两岸绵亘的山峦都笼罩在一片溟濛之中。云霭低垂，心便在压抑中噤若寒蝉。我恍然觉得自己是一片江上的浮萍，在无主地漂游了。

已是近午时分，我似乎已忘却了饥饿，唯余大脑中无涯的苍茫。

横空的长笛撕裂了烟雨江山的凝固画面，长江如一尾大鲸，狂怒地撞击着两岸的山石。冷色的苍茫中，袅袅地，忽有一个颀长温存的倩影飘至我的面前。

"你饿吗?"她问，目光里涌动着一泉无言的关爱。

"我……"

沉默。

沉默中，我随了她去餐厅。她在我前面像一面高大的屏风遮蔽了我心中的云雨江风。

餐厅里，进餐的人多已散去，因此空间便极度的阔达和空寂。

我们坐在临窗的餐桌前，眺望江水，任凭破窗而入的江风揉搓着心中的那只绿苹果，是的，那只漂浮于我生命岁月里的绿苹果。

久久，无言。

终于，她为我斟上啤酒，举起杯，我们心照不宣，饮尽了。

"想家吗?"我问，不知是客套还是潜意识中流淌出的关怀。

"想儿子。"她答。

我见过她的儿子，六岁，极可爱的一个男孩。

"不知他也想我吗?"

"会的。"

是的，那个调皮的小家伙是应该想起我的，他特爱听我给他讲故事，我能清晰地回忆起他坐在我腿上听我讲故事的认真神态和他身上童稚的体温，"叔叔，再给我讲一个。"那乞求的眼光和那略带沙哑的声音，似犹在眼前凝注，在耳畔回响……

便有一缕温馨芳菲着我。

斟酒，这次是我给她斟，目光对接，心就蓦地战栗起来，举杯饮尽。

"你呢? 想你爱人吗?"

我默然。旅行已达七天，我唯一的感觉是，自己从一所紧闭的矮房子里解脱了，像鸟那样展翅飞翔。

她没再说什么，又是久久的沉默。

"也许我们都需要真诚。"我说，望着她。

"是的，真诚。"她点点头，目光如一泓涧泉洗在我的脸上。良久，她说:"叫我一声姐姐吧。"

姐姐……

我的眼睛潮润了，是的，她多像一位大姐姐，一个体察我心灵孤独的长者(尽管我并不愿使用这样的称谓)。我们都是疲惫的旅人，心灵上都有一个难以弥合的创口。为此，我们才结伴同行。这世界上，也许我们都有一千个理由怀疑爱情，可你却不能抗拒真诚。

足够了。

江水滔滔，岁月悠悠，人生的长空本就是一江烟雨，满河长风。行囊空空，却又负荷沉重。唯一可以慰藉心灵的，只有真诚，只有心弦共鸣出的天籁之声。

"回吧?"

"回吧。"

岸已不远，我突然泪流满面，"姐姐!"我用心唤道。江山无言，而浪正澎湃，船正在颠簸中寻找着航行的支点……

证　明

跛子病了。

人见跛子在村里有气无力地挪动，大海上一叶扁舟样，就知跛子是快要跛回老家去了。

也好。有人说，跛了一世，窝囊了一世，谁瞧得起他？不如两腿一蹬，再不受这份洋罪。说此话的人，便拖出长长一声叹息。

跛子一脸灰黑，双目混浊、暗淡，口里的喘息滞重而急促。42岁的跛子，在这世上跛了四十余年，跛出一路漫漫的落寞孤凄：父母早亡，兄妹全无，无妻无子，孑身一人地把单调猥琐的日子踩得蜡黄纤瘦，终成了一截风前昏烛，摇曳飘忽，扑闪欲熄。

是想最后将这乡情乡景再浏览一遍，给破碎的梦境涂上一抹家园的颜色，才悄然离去？无人知晓，却见跛子就这么艰难地踩着一路喘息奔了后山的方向，身上一成不变的灰蓝长褂给村人扑了满眼的迷茫。

后山被当地人称作锯齿山，山陡峭壁立，若一粒锯齿刺破逸云，直耸到天外去了。方圆到过山顶的人寥寥无几，山势过于峭拔，一纤险径旁便是万丈渊壑，谁敢冒此生命之险？故多是登到半腰，放牧闲情而已。

却不知这个生时无多的跛子去后山做甚？

于是，有人想，定是耐不得一生的卑微，站在高处，意欲让村人在他诀别人世之前郑重地瞧他一眼，如此，便死而无憾了。

"毕竟也是个人嘛。"这人说，微眯着双目。

众人觉得有理，竟皆不屑地一笑："跛子就是跛子，登到天上又能怎样？况且身染重疾，走到山脚便不错了。即便如此，谁又将他往眼里夹？认命吧。"

跛子竟一去不回。村人照例地日出而作，月升而息，没了跛子，竟无人在意，甚而记忆里也未留下跛子的一丝印痕。这世上还有个跛子吗？

然而，终是有人记得跛子，那是个孩子，极瘦弱，大眼睛里总蓄着两汪湿润。孩子曾陪跛子在山脚牧羊，还听跛子讲故事。孩子觉得跛子的故事极精彩，像漫山的野菊郁香诱人。

孩子逢人即问："跛子呢？跛子大伯不见了。"

这已是半月之后。

于是，才有人想起当日见跛子奔了后山的情形，便找，好歹是条人命，若死了，薄葬了也好，总不能曝尸荒野，让狼虫食肉侵皮。这也算村人最终对他献出的一片乡情。

然而，竟遍寻不见。

这可怜的跛子，去了哪儿呢？

几日后，村中一在外求学的后生归来，不知从哪儿搞了个望远镜，闻悉跛子的事，便与几个村人一道去了锯齿山，坡坡田田地遥望，皆无。懊丧时，冷不丁仰望山顶，却陡见一片影子在岩崖上随风舞动。

不可能！村人说，语气像钉子把自己的判断钉得劈啪直响。

没准儿真是跛子呢……后生猜疑。

后生终是求学之人，遇事爱弄个水落石出，不管是不是跛子，今次也要登上山顶将那片影子搞个明白。几个村人望山胆寒，力劝后生，后生不听，独自攀了上去。

后生整整攀了半天，才到了山顶，几次险些坠下悬崖，多亏了几根老藤。手、膝都磨破了，涔涔地流出一些血，又结成了暗红的血痂。夕阳斜挂，橘辉浩荡。后生奔了那片舞动的影子过去，倏然呆愣住了——

那是跛子的灰蓝长褂，夕晖中，若一面旗帜挂在野荆之上，猎猎招展。

旁侧，横卧着一具尸体。

良久，后生向尸体跪下了，满眼的泪光中，是跛子轩昂而立的身影和那面夕阳漂染的火红旗帜……

13

一家人

　　那阵子我真是倒霉透了，厂里让我下了岗，我无所事事地在街头溜达，打算为自己以后找个饭碗。

　　终于，我决定到街头钉鞋。

　　之所以选择钉鞋，是因为过去我在厂里抡榔头，我想钉鞋的锤子和车间里的榔头大概不会相差多远吧。

　　我在街头一角摆开了摊子。

　　在我的对面，有一个比我稍大一些的男人，看来他在这儿钉鞋已经有段历史了。

　　人流熙攘，钉鞋的还真不少，有男有女，而女的远比男的多。我想，一边钉鞋一边闻着陌生女性的体香，并可堂而皇之地饱餐一番秀色，这也不错。遗憾的是，我始终迎不来一个顾客。

　　说老实话，我的确是用妒忌的眼光打量着对面那男人的。他一边热情洋溢地同女同志说笑，一边潇洒地钉鞋，三下五除二，好了。看他钉鞋，不得不承认是一种享受，好像是在看一场奇特的舞蹈，不知是鞋在跳舞还是手在跳舞，娴熟，优美，令人目不暇接。女的穿上鞋，满意地一笑，递过钞票，款款而去。

　　我就一直看着那张钞票从男人的手里轻盈地飞进了一旁的小木匣。

　　就这样，我在妒忌和沮丧中度过了我钉鞋生涯的第一天。

　　第二天，仍然如此。

　　第三天，终于有个男的坐到了我的摊子前，鞋里的臭气熏得我眼冒金星。我硬着头皮给他钉了，不料那男的接过鞋，眼一瞪，说：

"你这也叫钉鞋？你到底会不会钉鞋？"

我怔住了。男的在我怔傻的目光中扬长而去。

蓦地，我发现所有的人都在盯着我，就像千万只钉子齐刷刷地钉在了我脸上。我的脸一下子涨得血红，之后，眼里便有了泪。怪谁呢？偌大个厂子，说转产就转产，我们这身力气再没了用武之地。现在，到街上钉个鞋又这么四处碰壁，这世界还有没有我的活路？

这么想着，心里就充满了凄怆和绝望。我收拾了摊子，默默地回家。

我没有想到对面那男的喊住了我，他冲我晃晃手中的锤子，说：

"怕了？你可真够窝囊的！"

"我实在干不下去了。'我耷拉着头。

"干不下去也得干，这世道不争不拼就玩儿完，你以为还像过去那样，换换脑子吧，想当初，我比你吃的苦还多。"

"求您了，教我几手钉鞋的绝活。"

"先交学费。"

妈的，这小子钻钱眼里了，开口闭口离不了等价交换。咬咬牙，我把身上仅有的五十元钱给了他，从这天起，每逢空闲，他便认真教我钉鞋的种种讲究和注意事项。我想，我的钉鞋手艺是从这时开始起步的。

不敢说青出于蓝而胜于蓝，起码我的"钉技"大长是事实。不久，我的摊上来了一位年轻女子，女子一袭白裙，亭亭玉立，十分可人。女子的高跟鞋不大好钉，就像出了一道考验我的难题。我使尽浑身解数，小心地为她钉好。女子接过试试，非常满意，递给我五块钱的报酬，这是我开张以来第一次赚到的钱，我的手都激动得发抖了！而后，她莞尔一笑，大声说：

"你的手艺真不错，谢谢！"

女子走了，我的顾客却陆续走来，我认真地把每一只鞋钉好，钉出信誉，钉来钞票。临收摊时，我发现小钱匣里奇迹般地摞起一叠票子。我欣慰地笑了，抬头时，看到对面那男的也在向我呲着牙笑，说：

"怎么样？学费交得不亏吧？"

我们踩着初放的霓虹各回各家。

15

　　以后，我的生意越来越好了，那个漂亮的年轻女子还常来钉鞋，不知怎的，她一来，我就觉得她对别人的感召力很大，无形中是这个女子替我做了广告，我真得谢谢她。我为她钉完鞋，真诚地说：

　　"以后你的鞋有问题，可随时拿来钉，不收钱。"

　　女子摇摇头，说：

　　"你的生意已经打开了局面，我以后就不麻烦你钉鞋了。"

　　"为什么？"

　　"我是个鞋店老板，"女子认真地告诉我，又指着我对面的男人，"而他是我丈夫。我们前年下岗，比你早两年。咱们都是下岗工人，又都跟鞋打交道，原本就是一家人……"

　　对面那个男人向我微笑着。

　　我心头蓦地一热……

最后一滴水

你可能觉得这是个离奇的故事，他说。他说这话的时候，眼睛已经微微发红了。

那年，我在一个旅游区的河滩上徜徉，天气好极了，阳光是金色的，河滩上和河水里盛开着五彩斑斓的花朵——那是五颜六色的泳衣和美丽可人的脸庞。游云淡淡，鸟鸣啾啾，生命在这里舒放和漂泊，那真是人生中一种美的极致。

这样的时刻，我的心情也好极了，青春的诗行写在蓝天上，弹奏着铮铮迸溅的太阳雨，我渴望时光在这里永恒。突然，安详的氛围被打破了，从河水的某个湮灭处，传来了一声女孩惊恐的呼叫，一个粉红色的救生圈在水面上无主地悠荡。

当我看到所有的目光都在游移和恍惚的时候，我知道自己必须扮演一个救美的英雄了。我拼命地向河心游去，那女孩的头在努力地拱出水面，片刻后，便又隐没在粼粼的金波之下。我以最快的速度靠近了她，我用并不雄健的手臂揽住了女孩柔滑的腰肢。就这样，女孩在我的臂弯里重新回到了生命的阳光地带。

女孩说她叫水儿，她打小喜欢水，她说她是妈妈在水边洗衣服时生的，比预产期提前了整整十天。水儿笑着说她是要急着出来看水等不及了。

那段日子，我和水儿每天都去河里游泳，水儿用手向我击水，笑声像水波一样明亮悦耳。水儿有了我，就更大胆地向河心游去，把脸贴在水面上，水儿说这样感觉好极了。有时候，我简直觉得水儿像一朵妩媚的水莲，或是一朵小小的浪花。后来，我又觉得水儿的灵性是一切都不可比拟的，我说："水儿，你准是水

17

妖变的吧?"

水儿就笑,笑得甜极了。

分手的时候,水儿说她觉得这一生再也离不开我了,她的脸红艳艳的,羞涩更增加了她的明艳。我说,我也是。

我和水儿各奔东西,回到自己的校园。水儿是读文学的,她很快给我来了信,那娟秀的小楷多么像她啊!水儿浪漫真淳,文采出众,信末是一首诗,朦胧而柔美。奇怪的是,水儿第一页信纸的左上方有一团水印,这正是水儿的独特之处,她说,寄去一滴滨海城市的水,你能闻到我的气息吗?请你也给我寄来一滴水,好吗?

以后,我们鱼雁飞鸿,每次都要给对方寄去"一滴水"。

大学将毕业的时候,我和水儿的爱情已臻于成熟,水儿来信说,毕业一年后我们就结婚,比翼搏击生命的长空。我的幸福是任何人都难以想象的,我给水儿回信,我等你来,水儿,我永远是你的港湾。

可是,水儿没有再来信,我一连写了几封信,又发电子邮件过去,终于,我收到了一封信,却不是水儿的,上写:水儿两周前在海中游玩,溺水而死。那一刻,我感到天旋地转,之后便人事不醒了。

我写了一封长信,来到水儿的学校。在这里,我知道了水儿真实的身世,她是个孤儿,是漂在水上被人拣回养大的,养父养母也早已去世了。我从水儿的遗物中发现了一个笔记本,最后一则日记是这样写的:我要给最亲爱的人送去大海咆哮时最有力的声音,那是我们青春的宣言,是爱的誓言……

我把那封长信投入了无垠的大海,那封信里寄去了我给水儿的最后一滴水,那是我的泪水。我告诉水儿,我的泪水和海水的味道是相同的,水儿,大海咆哮的时候,我来看你。

母 女

女儿从省城的大学回来了。刚进院儿，正碰上娘背着药筒往外走。娘儿俩惊喜地打了个照面，女儿便扑上去，喊声："娘！"

"唉——"

娘欣喜地打量着女儿，女儿认真地看着分别多日的娘。娘的白头发比以前多了，脸更瘦了，颧骨突起得像两座崖。女儿心一酸，泪便滚下来。

可是，娘看着女儿那身衣服，心中却反倒涌起了对女儿的不安和愧疚。女儿身上的衣服还是上高中时穿的，颜色都掉光了，娘的嘴唇就有些颤："妮儿啊，叫你……一人在外……受屈了。"

女儿摇摇头，正要说话，听见屋里有人叫："是妮儿回来了？"

女儿就忙奔进屋，冲躺在床上的爹应一声："是我，爹。"

爹得慢性病，起不得厌，一张脸苍白得像张纸。女儿的泪又落下来，问："您的病好点吗，爹？"

爹苦笑了一下，没答，却说："我拖累你们了……"

女儿拉着爹的手："爹，你咋能这么想啊！"这时，娘在外喊："妮儿，你歇着吧，我到地里打药。"

女儿转身跨出去，对娘兑："我去打！"

"你捏笔杆子的，身子娇嫩，这活儿你怕是干不成呢。"娘疼怜地摇摇头。

"您小看我哩，娘！"女儿执意夺过娘背上的药筒，挎上，冲娘调皮地一笑，就走。

19

"还是这个倔脾气！"娘笑了，笑出几许欣慰和幸福。

天挺热的，女儿的汗把褂子濡湿了。可是，女儿看着那大片大片碧绿的瓜秧，很快便快活得像只山雀子了。"再过两个月，满地就都是圆鼓鼓、水嫩嫩的西瓜了。"女儿想。

女儿走到离瓜地五十米远的地方，那儿是条大河，河堤很高。女儿走下河堤，按比例往药筒里灌了水，而后像抱着一个石磴，吭哧吭哧挪到河堤上，半跪下腿，将绳索挎在肩上，口里喊着："一——二——起！"却没站起来。"真是娇嫩了，讨厌！"女儿生起自己的气来，憋足劲儿，咬紧牙，又努力了一次，腿颤颤地终于站起来了。女儿舒一口气，站起来就轻松多了。女儿走进瓜地，按动压杆，喷出的药雾被阳光打扮得五彩缤纷。

女儿哼起了一支很好听的谣曲，是娘从前唱的，可是她只记住了调儿，把词忘了。

回到家，娘已把饭做好了，忙打来井水，一边问："累吧?"

"不累。"女儿佯装若无其事，就去洗脸。

吃完饭，娘说："跑到家又干了下力活儿，早歇吧。"

女儿点着头，说："娘，您也早歇吧。"

娘儿俩就相拥着睡了。女儿已多日不再享受到娘的体温了。女儿在娘的怀里像只听话的小猫咪。

第二天，女儿又执意去地里打药，娘只好由着她，说："那好，打打歇歇，娘去镇上把攒的鸡蛋卖了。"

……

女儿要回校了，娘送女儿到车站。女儿看着娘憔悴的脸，又想流泪，说："娘，该歇就歇，别累坏了自己！"

娘吸了一下鼻子，说："知道了，妮儿啊，怪娘没本事，连件新衣裳都不能让你穿上……"

娘就用手背使劲抹眼睛，女儿的泪也潸然落下。这时，车开了。老远，女儿还看见娘立在那儿。

在宿舍整理背包时，女儿突然发现了一个服装袋，打开，里面竟是一件崭新的连衣裙。女儿突然呜呜地哭了，哭着喊："娘啊——娘啊——"

娘回到家，意外地在枕头下发现了一叠钱和一封信，娘一眼就看出是女儿的笔迹——

娘，这是女儿做家教所得的薪水，给爹看病吧。我知道直接给您，您一定不会要的，请接受女儿的心意……

娘的泪"吧嗒吧嗒"滴到纸上，喃喃着："妮儿啊——妮儿啊——"

煎饼果子

　　单位楼下，有一个卖煎饼果子的女人，年纪大约在四十五岁上下，朴素，清瘦。小小的摊子搁在胡同里，很不起眼，却有一股特殊的香味飘在每一个平常的日子，风雨无阻。

　　他就在这座楼上办公，准确的说，是做编辑。天南地北的稿件，经他修修改改，打扮得有模有样了，便发表出来。

　　这是个寂寞的职业，他惯了。

　　每天早晨，他都会到女人的摊子上买一份煎饼果子。他已记不得第一次吃煎饼果子的情形，总之，他一吃就上瘾了，这种搞不清是什么地方的特色小吃很合他的胃口。久了，女人一见他，便微微一笑，手脚麻利地摊煎饼、磕鸡蛋，手中的小铲轻轻一舞，煎饼翻了个身，再放上提前炸好的干果子，撒一点糖味的腌萝卜条，卷起来，就成了。

　　一元五角，对他来说意味着一餐美味。他接过煎饼，贪婪地咬一口，细嚼慢品，不啻是一种享受。煎饼温软，果子香酥，腌菜脆甜，吃起来有一种难言之妙。

　　有一次，他禁不住夸奖道："好手艺啊。"

　　女人低下头，脸竟红了："老师见笑了。"

　　女人管这儿的人都叫老师。

　　他有职业癖，凡事爱刨根究底。他想，这女人是什么身份呢？下岗职工？农村妇女？她又从哪儿来？家中都有些什么人呢？

他就旁敲侧击："看你也没个帮手，好辛苦啊。"

女人淡淡地说："闲着也是闲着。"

他就不便多问，带着些疑问上班去了。

早餐吃煎饼果子，对他已是雷打不动的惯例。他觉得那种独特的温香，已渗入到他的生命中去了。

入冬后，女人忽然一连数日没有出摊。他就怅怅地，每过一会儿都要下楼看看，总觉得心中少了点什么。

这天，女人终于又出现在了老地方。他两眼一亮，像邂逅了久不谋面的故人。

风已经很硬了，女人孤零零地守着摊子，脸色苍白，双唇也有几许青紫。

他说："好几天没吃到你的煎饼果子了呢。"

女人还是一笑："感冒了，刚好。"就动手摊煎饼。

他说："噢，那就多休息几日嘛。"

女人依旧淡淡地："闲着发慌呢。"

热热的煎饼果子捧在手中，他的全身立刻有了种实实在在的温暖。

冬天的第一场大雪纷纷扬扬的时候，他奉命调到其他单位供职。那天早上，他从煎饼果子里品出了一种别样的味道。是啊，以后想吃煎饼果子，就没那么容易了。走进单位时，他的步子迈得很慢，两腿牵绊着几分无法言说的怅惘与留恋。

他审阅了最后一篇稿子。这是一篇大学生的习作，文字很朴实，看着看着，他的心被紧紧地攥住了。文中写道："我八岁时父亲病故，是母亲从乡下来到遥远的城市，靠卖煎饼果子为我攒下求学的费用。每天，她一直忙到凌晨二时才休息，天不亮就出摊了。十年里，她的睡眠不足一万一千个小时……母亲，是您用纤弱的脊梁在风雨飘摇中为我撑起了健康的人生！"

他久久地沉默着，眼中有泪滑下。

之后，他缓缓地走下楼梯。漫天大雪中，女人依旧静静地守着摊子，全身雪白，像一株傲立的腊梅。

他走过去，说："我想再吃一个煎饼。"

女人还是一笑，无声地摊起来。他觉得，那双手的动作，在雪中像一种圣洁的舞蹈。

走出好远，他又驻足回眸。他想，不管这个女人是否就是那位大学生的母亲，他都要从心里说：祝福你，伟大的母亲。

蜡 烛

父亲说："孩子，我考你一道题。"

他静静地坐在父亲对面，等待着那道神秘的考题。

"房间里点着五支蜡烛，刮来一阵风，吹熄了一支，那么，第二天早上还剩几支呢？"

他稍稍思忖一下，答："五支。"

"为什么呢？"

"一支熄灭的，四支燃烧的，总数还是五支呀。"

父亲摇了摇头说："不对，孩子，只剩一支了。"

"为什么？"他困惑。

"因为那四支都燃尽了。"

这是多年前的一个晚上，发生在一方斗室里的情景。那时，他还不到十岁。

现在，他长大了，并且是纪检委的一个领导。而父亲，已经去世几年了。

他有四个要好的朋友，分别居于四个处级单位的要职。有空时，他们免不了常聚聚，都不怎么说官场事，只叙旧，回忆同窗时无忧无虑的日子。不过，分手时，他还是避免不了他的"职业病"。

"弟兄们官做大了，都悠着点啊。"

朋友就笑，说："不怕，有纪检委的哥们儿罩着呢。"

他也笑笑，不说什么了。

他的家很清寒。父亲没给他留下什么，他又找了个家在农村的妻子，也是他的同学，写一手好文章。只是，负担太重。

那天，朋友中的一个登门，坐在老式家具上，直摇头。朋友说："怎么还是这个样子？年代不同了，提高提高吧。"

"惯了，挺好。"他说。

朋友一叹："佩服。"

这年，岳父、岳母相继患了脑血栓，一个左偏瘫，一个右偏瘫。住在偏远的乡下，医护条件跟不上，万一有个意外，只怕误了大事。妻子不放心，他也不放心。他对妻子说："把二老接过来吧，好有个照应。"

妻子眼圈红了："只怕委屈了你和孩子，房子太小……"

他笑笑："一家人挤着，倒热和些。"

房子本就狭窄，两个病人住下，真的是磨不开身了。朋友又登门了，说是看看老人。临走，朋友没说什么，递给他一把钥匙。他不解。

"换套房子住吧，哥们儿一点心意。"

他真的有点心动。他知道朋友很阔，房子好几套。但他哪儿来那么多钱？他敲打过朋友，但朋友很坦然，说："别担心，不会给哥们儿找麻烦。"……他把钥匙在手上掂量了一阵，还是还给了朋友。

"这点面子都不给？"朋友悻悻的。

"情我领了。我的脾性你还不知道？知足常乐。"他说得很轻松。

朋友意味深长地拍了拍他的肩，走了。

不久，他接到了许多举报信，反映朋友的问题……

"兄弟，全看你的了。"朋友说。

他抬起头，许久许久，一言不发。末了，他说："咱们还是看看良心吧。"

朋友入狱了，他一个人跑到一个僻静处，悄悄地流了一通泪。

几年后，他当上了纪委书记。而他的四个朋友，相继栽在了他的手上……

闲暇时，他常常静坐窗前。窗台上，总有五支蜡烛。他点燃它们，烛光中便浮出父亲的面容。父亲说："生命如烛，欲望似火。人的一生，就是在和欲望较量。"他又想起了多年前的那道题，现在，他是五个好友中唯一没有倒下的人了，就像那支唯一剩下的蜡烛。而当他在诱惑面前动摇的时候，他知道自己该怎么做。

"吹熄它！"这是一个严父，也是一个老纪委书记的话。

是的，吹熄它，爸爸。他把蜡烛全部吹灭，放在窗台。五支蜡烛，笔直地廷立着……

承 受

有些事，你真的是无法承受的。薛莉想。

薛莉那时侯正站在十七层楼的阳台上，一脸忧容地望着杨群和马国远去的背影。他们看上去挺亲密的样子，像对兄弟。初夏的日头居然白得晃眼，薛莉觉得自己的心就像是裸晒在日头下的一片龟裂的旱塬。

这当然是缘于杨群，他来得实在唐突，或者说，他根本不应该来。薛莉自认为是一个包容心很强的人，比如同事的揶揄，比如邻里的攀比，比如自己或丈夫的一帮狐朋狗友不期而至，抽烟、喝酒、下棋、聊天、唾沫星四溅，瓜子壳横飞，把自己家当垃圾场造……她都能容忍，换句话说，她都能承受。

熟人都说，薛莉好涵养。

马国心里当然清楚，自己的妻子是个好女人。但是……为什么这件事就让薛莉承受不了呢？马国不可能不在心里打个问号，所以当他与杨群握别时，他刻意地把目光在面前这张很硬气的乡下人的脸上停留了很久，结果令他失望——他没能找到答案，甚至一点蛛丝马迹。

"老弟，有事就开口，能帮忙我一定尽力。"马国说，同时把早已备好的一百元钱递了过去，"这点路费你拿着。"

杨群憨厚地把钱推了回来："马哥，我有钱，真的。"

"你就……没点什么事？"

"没有，我就是听说薛姐住这儿，顺道来看看。"

"啊……好，以后常来。"

　　杨群的离开带不走马国的疑问，反而把一个更大的题目留给了他：这事蹊跷啊！如果杨群与薛莉没有什么瓜葛的话，薛莉为何会那么反常呢？

　　当然不是情绪的原因，薛莉不是一个情绪型的人。事实上，在杨群未冒然登门之前，薛莉和往常没什么不同，嘴角依旧漾着一丝甜甜的笑意。一切都是从敲门声响起时开始的，就在薛莉打开门的刹那，她的脸就像突然不小心掉进了南极的冰雪，整个儿的僵硬了，麻木了，与之截然相反的，却是杨群红彤彤的兴奋和热烈。

　　"薛姐，17年没见面了呢！"杨群由于激动，嗓音都有些发颤。

　　17年，正好相当于她家居楼层的数字……这其中是否有种无法言喻的宿命？薛莉面对着这个儿时的故人，似乎闻到了犁铧下新翻泥土湿漉漉的气息和打麦场上黄澄澄的焦香……但这不是她喜欢的气味，或者说，她早已把这些气味一点一点地从自己的灵魂里剔除了。……她能说什么呢？

　　"哦……"她说。

　　杨群没有在这里吃午饭。杨群是个要脸面的人。当薛莉谎称不适走进卧室的时候，杨群知趣地告辞了。薛莉听到马国挽留的声音："吃过饭再走嘛，干吗这么急呢？"杨群说什么她没有听清，他的声音很低。关门声传来时，薛莉感到了一种很深很深的刺痛，两颗泪无声地滑了下来。

　　马国的质问是意料之中的。因为是意料之中，薛莉反而轻松了一些。这是在晚餐之后，马国说：

　　"出去走走吧。"

　　他们沉默着走到了小区附近的一条河边。这时候，有一弯浅浅的新月升起来了。

　　"薛莉……"马国开口了。

　　"别说话。"薛莉打断了他，"让我给你讲个故事，好吗？"

　　马国点了点头。

　　"有一个知青，下到了偏元的农村。后来，知青和村里的一个姑娘好上了。再后来，他们结了婚，有了一个女儿。几年后，知青带着全家回到了家乡的城市。他们本是很恩爱的一家，可是后来，女方农村老家不断来人，来了就有事，路远还得住，连脚都不洗，临走还连吃带拿的，……知青终于忍受不了，和女方

29

分手了。好好的一个家，就这样解体了……"

薛莉说完，泪珠纷纷乱乱洒了一脸。

马国没吭声，轻轻地用手帕为薛莉拭泪。

"那个知青，就是我爸爸，而我……是跟妈妈长大的……"薛莉呜咽着。

"我懂了。"马国说。

马国把薛莉紧紧地抱在怀里。他能感到薛莉全身的颤抖。他觉得自己就像是抱着一个被冻坏了的孩子。良久，他在薛莉耳边低语道：

"我喜欢乡下人。"

秋天的走向

我是一个古典爱情主义者，我始终认为，情侣之间，首要的是忠诚，就像历史上的梁山伯与祝英台、卓文君与司马相如……那种爱情，纯美得让人景仰。

当然，现在我觉得我已经找到了我的"梁山伯"。我和严晓明就要敲定婚期了。平心而论，这小子不错。闺中好友都说我有福。

但是这天黄昏，我却不得不跟严晓明的忠贞掰掰手腕子。在肯德基的喧闹嘈杂中，我很不情愿地对严晓明提起了那个穿黄衣的女人。

"什么？有这档子事？"严晓明很诧异。

事情是这样的：大约三个小时前，一个陌生女人突然找到了我。这女人穿着一件米黄色风衣，身材凹凸有致，眼神略含忧郁，应该说气质相当优雅。

"听说你是严晓明的女朋友？"她说。

我点点头。

"你真幸运。"她毫不掩饰自己的羡慕，甚至可以说是——嫉妒。

我不得不怀疑这个神秘女人的来历了。

"我是严晓明的一个崇拜者，"她说，"我喜欢他的作品。好几年了，阅读他的小说成了我生活的一种方式，否则我就会魂不守舍。我已经 30 岁了，但我拒绝交男朋友，我的心早已归属了这个男人。我知道我无可救药了，这辈子，我只能追随着他。严晓明 35 岁，我看过他的简历，我在心里一直叫他明哥——说真的，每天晚上，我只有默默地唤着明哥才能入睡，也许，今生我将在一个美好的精神恋爱中度过。"女人的眼圈红了。

我沉默。我不知道该说些什么。其实我的脑子刹那间空白了。如果我是个局外人，我会被感动。可很不幸，我是当事人，我说不清心中是什么滋味。

"对不起，这些话不该对你讲的……我不会再打扰你了，再见。"

我看着女人转身离去。女人从包里拿出手帕，我想她是在拭泪了。我一动不动，像个木偶。事情来得太突然，我被击懵了……

严晓明一直沉默着。我们无言地走出肯德基。秋风已经很凉了。街灯在风中颤颤瑟瑟的，一弯月亮清寂地呆在天上，像哪个诗人无意丢下的诗行。

"她就没留下个姓名?"严晓明终于打破沉默。"没有。""有联系方式吗?""什么都没有。"

我的眼里盛着两弯月光，我看着严晓明。他的眼神有些忧郁，像那个女人。

"动心了?"我问。

"看你，想到哪里了。"严晓明把我揽得更紧了些。

分手时，我突然想起了什么。"对了，"我说，"她告诉我，她常在星光文学社区上泡。""是吗? 知道她的网名吗?"

我摇摇头。

远古之月在线的时间比过去长多了。他在好几个女性网名的帖子后跟帖，这与他一向冷眼旁观的态度截然不同。

网上出现了一个新面孔：寒秋鹅黄。还有她的一篇幽婉的散文。

很快，远古之月跟帖："一颗游荡在秋风中的心，一个沉浮在梦幻中的魂，情为谁诉? 梦为谁属?"

寒秋鹅黄回帖："谢谢老师的理解，秋风长吟深闺怨，一帘幽梦空对月。"

我离开了电脑，到阳台上呆了会儿。这是个干净的秋天，天空很蓝，扯着几缕淡淡的薄纱。阳光亮得让我有些睁不开眼，我觉得我的眼球被刺痛了。我回到客厅，冲了杯咖啡，没有加糖，喝下去苦苦的。

此后严晓明婉拒了我的几次邀约，他说一个新长篇已经开笔了，他要全心投入。

"好吧。"我无奈地挂了电话。

突然有了些百无聊赖的感觉，好像整个人飘了起来，无所依傍，心头空落得像晚秋的长亭。我在河边游荡，看一些时间太充裕的垂钓者守着鱼漂上起起落落的心境。天晚了，夜市大排档仍在准时出摊。我打电话叫来了女友，同样地喝啤酒，吃烤肉，却吃不出什么滋味。

回到家，整个人冷得像从冰窟里爬出来一样。真想把自己捂进被窝，听听音乐。但我却鬼使神差地坐到了电脑前。QQ 里，他的头像在闪动。他在等寒秋鹅黄。我成了一个偷窥者。

他们聊得很投机，从文学一直聊到私生活。而我必须悲哀地承认，我的"梁山伯"离我越来越远了。

他们终于要见面了。

是个细雨蒙蒙的日子。空气很重。地上有一些枯叶，湿漉漉的。这时，几个环卫工人开始打扫卫生了。

"我就是寒秋鹅黄。"我说。

他的表情僵住了。

"我们分手吧。"

"你决定了吗？"他的手插在裤兜里，看着地面。

"是的。"

他机械地握住了我的手。他的手好凉。

"我想，你也许真的隐瞒了我，"他突然说，"能告诉我那个穿黄衣的女人的真实情况吗？"

"她在那儿。"我指了一下。

他立即扭过头去。那是一个穿着黄马甲的半老徐娘，正在拿着扫帚扫大街。

他狠狠地剜了我一眼，掉头走了。他一定觉得我好恶毒。我看着他，眼睛一眨不眨，目光在一个九十度的拐弯处，猝然折断。

我哭了。

我很想告诉他，这个穿黄衣的女人，只是我的一个杜撰，但故事一经开始，无论我还是他，都再也无法控制情节的走向。

深秋的风中，我的泪水逆着岁月远行，像两颗冰冷的子弹。两只经典的蝴蝶，被无望地击落。

十五条手绢

　　这是父亲讲给我的一个真实的故事。

　　父亲当了一辈子教师，教出的学生已数不清有多少茬了。前几年，父亲到了年龄，退休了，但跟讲台的缘分却还没完。社会上一所职业学校聘请他，父亲爽快地答应了。父亲双腿有浮肿的毛病，近四十年的教书生涯，站的，但父亲挺得住。

　　父亲教语文，诙谐、生动、深刻。父亲年轻时曾是个初露头角的青年作家，后来文革中因故辍笔。因此，他教书跟别的老师不一样。他有好几个学生在写作上都有了些造诣，包括我。我曾听过父亲的课，我几乎找不到一个准确的字眼去给父亲的教学艺术做出应有的评价，大约只能用平常用滥了的那个字："好!"为此，学生们爱戴他，我更爱戴他，并为有这样的一个父亲而自豪。

　　好了，说到这里，还没切到关于"十五条手绢"的话题上。事情是这样的：夏季的一天，天气十分燠热，父亲体胖，站在讲台上，汗水浸湿了衣衫。尽管四台吊扇都在高速运转，可父亲还是每句话都捋下一把汗来。父亲对此已经习惯了，他只是下意识地抹着汗，精力却全部放在讲课上。父亲就是这样，一块黑板，几十双眼睛，让他进入一种境界，在这个境界里，他是忘我的，任何外界的干扰都不可能影响他。台下的学生听得入迷，不时被父亲的妙语逗得开颜解颐。课时进行到一半，突然停电了。这下，教室里连热风都没有了，父亲的汗水像无数条涓涓细流，几乎揩拭不及。这时，班主任悄悄叫走了三个男生，不多久，抬进了两大筐冰来。空气凉爽了许多，可父亲的汗水仍然涔流不止。父亲继续讲着课，就在这时，一条粉色的手绢无声地放在了父亲的案头。

"老师，擦擦汗吧。"

是一个女学生，清澈的眸子里漾动着动人的真诚。父亲感动地点点头，拿起手绢，轻轻地拭在面颊上。手绢是被冰浸凉了的，一股沁凉的馨香立刻渗入了父亲的毛孔，真清爽啊！

父亲讲得更加出神入化了。

在接下来的时间里，手绢源源不断地递了上来，一条、两条、三条、四条……整整十五条。下课时，父亲的胸中盈满了手绢的芬芳。那天，他好久没有离开教室，仿佛要把这一时刻永恒地定格在他生命的画页里。

这以后不久，父亲因身体不适，离开了和他相伴数十年的课堂。——也许，此生他再也不会重返讲台了。最后一课，父亲的嗓子有些喑哑，下课铃响起时，他竟有些哽咽了。那一天，好多学生都围着父亲，落了泪。

一晃几年了，每当父亲回忆起那十五条手绢时，眼睛总潮润润的。

父亲说："人这一辈子，多少人多少事都记不得了，可有些人有些事你却怎么也忘不了，有时候，哪怕仅仅是一个情景！"

我点点头。可我心想，所有那些美好的情景只会在美好的人眼中出现。这十五条沁凉清爽的手绢，既给父亲带来了心灵的安恬，也留下了父亲的精神和思想，伴学子走遍天涯。

最后时刻

娘的呼吸细如游丝。娘已到了生命的最后时刻。

可娘黯淡的双眼一直顽强地睁着。爹知道，娘还在盼着儿子。爹就默然一叹。

几天前，爹给远在省城做官的儿子打电话，才知他出国"考察"了。显然，娘想见儿子最后一面的愿望落空了。可爹瞒着娘，他不忍让娘走得太绝望。

爹含着老泪，静静地看着在死亡线上徘徊的娘。娘双腮凹陷，面色蜡黄，皱纹如织，残发苍白。娘的瞳孔里，分明游着儿子的身影呢。

爹的老泪无声地滑下来。爹晓得，作为独生子的儿子是娘的全部，是娘生命的根。从小到大，儿子是在娘挤血滴奶、含辛茹苦的拉扯下长大的。儿子求学、工作，直至成了省里一位厅级干部，娘一直是他的后盾。难得娘这么个普通女人那么明事理呢，不仅没有拖过儿子的后腿，还老鼓励他，让他安心工作，别惦家。娘明明想儿子想得泪湿衣襟、彻夜难眠，信上却每次都乐呵呵的，说她又唱戏又健身，舒心得很。儿子当了领导后，娘更是要他清清白白做人，凭着良心做官……

二十多年了，母子的通信摞起来足有几米高了。从里面随便抽出一封，娘只要看一眼开头，就能张口说出那封信的内容。

可是，今天……怕是永久的遗憾了。爹的心像被撕裂了一样。

"大伯，信。"隔壁做邮递员的三子来了。

爹的眼一亮。爹看到垂危的娘眼睛也蓦地一亮。

是儿子的信！爹颤抖而急切地打开，心说，老伴哪，儿子怕是冥冥中有感应呢，这封信来得可真是时候啊，你该含笑九泉了。

爹的手抖得越来越厉害，腮帮剧烈地抽搐着。他吃力地念道："爹、娘，儿子一切都好，请二老放心……"

娘笑着合上了双眼。

爹压抑地哭出声来，那封信悄然滑落在地。良久，爹又把信捡起来，似乎不相信似的重读了一遍："亲爱的娜，最近风声很紧，那笔款子你要早日转移国外。不要打电话，以防被监听。此信看后即从速销毁……"

爹不知道那个叫娜的神秘女人是谁，但绝不是儿媳。只是爹明白，儿子是慌了，彻底慌了，否则，一向谨慎的儿子不会有这样低劣的失误。

娘下葬后，爹便只身去了省纪委，兜里揣着那封儿子在娘最后时刻寄来的信……

飞翔在阳光中的鸽子

妻子又在噩梦中惊醒了。

老金坐起来，看到妻子面色苍白，一身虚汗，眼睛里蓄着深深的恐惧。妻子最近常做噩梦，让老金忧心忡忡。

老金说："又做噩梦了？"

妻子余悸未消，说："我快要吓死了。"

老金揽过妻子："没事的，一场梦而已。"

妻子说："老金，我心里总不踏实。我老梦到一个拿刀的人，向咱们讨债。"

老金笑笑："咱一没劫财，二不害命，他讨的哪门子债？"

妻子看着老金，良久说："老金，你没做亏心事吧？"

老金说："这是什么话？"

妻子说："最近市纪委查得紧，好几个人都栽了，我怕……"

老金点燃一支烟，抽了一口，说："放心，我没事。"

妻子说："你当了这么多年局长，就没点灰星子？"

老金说："咱不昧良心。"

妻子似乎坦然了一些："这就好，这就好……"

老金沉默了一会儿，望着天花板："老伴，还记得当年我说过的话吗？"

妻子盯着他，等下文。

老金说："我发过誓，要让你过好日子。"

妻子说："记得。所以你一直奋斗到今天，我知足。"

老金感慨道："几十年，不容易啊。"

妻子说："我知道。这么多年，你多半时间在外忙，很少能回家吃顿家常饭。"

老金叹了一声："大半辈子没多少工夫陪你，我倒真是惭愧。等以后退休了，我天天陪你。"

妻子动情地说："快别这么说。老金，我倒真希望你早点退下来，咱们还像年轻时一样看鸽子。"

老金陷入了回忆。那是一段温馨而甜美的时光。他和妻子在广场徜徉，成群的鸽子在阳光中飞翔，翅羽给阳光镀得熠熠闪亮……

老金说："好啊。"

第二天，妻子没再做噩梦，老金却睡不着了……

不久后的一个晚上，妻子被老金的惊叫弄醒了。妻子坐起来，看到老金气喘吁吁，大颗的汗珠簌簌滚落。

妻子说："老金，怎么了?"

老金颤抖着说："噩梦……"

翌日，老金默默地去了纪委……

老金下来了，可老金却感到了多年未有的轻松。他和妻子常去广场看鸽子。鸽子在阳光中飞翔，像跳动的音符，像灵动的诗行，很美。

知 音

雨虹收到那封信的时候，是个落雨天。

那是一封陌生的来信，仿宋体字，写得很遒劲。信不长，是这样写的：

雨虹女士：

您好！

常在报刊上读到您的散文，我很喜欢，从您那凄婉的文字和淡淡的忧思中，我读到了一颗多愁善感的心灵，我还读出了一丝生活的疲惫。我是一个和您有同样感受的男人，渴望彼此倾诉和精神的抚慰。

您愿意吗？

来信请寄：红叶市红豆街 62 号文平转风铃。

您的朋友：风铃

窗外的雨在淅淅沥沥下着，雨虹把信摆在办公桌上，默默地坐了很久。不知怎么，她想起了丈夫明华。结婚前的那段岁月是多么令人难忘啊！明华和她鱼雁飞鸿，互诉着各自的心事，打开心灵的窗口。那是一生中最最温馨、最最幸福的一段韶华。雨虹每次读明华的信，都感到两颗心在雨露晶莹的旷野上飞翔和歌唱，明华那秀气的小楷，是那样美妙地撩拨着雨虹的心房……可是，结婚以后，这一切都成了记忆，成了梦中的伊甸园，逝者如斯，往昔的一切再也不复存在了，只剩下工作的忙碌和生活的烦琐……

雨虹的眼睛有些潮湿，直到暮色降临，才把信小心装进坤包，往家中走去。

明华已把饭做好了，系在身上的围裙还没解下来。明华是那种魁梧高大、很有男子气的男人，而雨虹则纤细娇弱，妩媚婷娉。人们都说他俩是天造地设的一对。明华见雨虹回来，迎上前说：

"饿了吧？快吃饭吧，刚才我去街上买了盐和酱油，米也快吃完了，明天我就去米店……"

"你先吃吧。"

雨虹没有食欲，径自进书房，反锁上门，心里好像有许多话要说，便匆匆地给那个神秘的风铃回信。

夜色浓重，雨虹写完信，长长地嘘了口气，好轻松。多久没有这样痛痛快快地向人倾诉了？记不得了。这是一封长达八页的回信，雨虹把它锁进抽屉，打开门，她觉得饿坏了。

明华已把饭温在火上，雨虹想说什么，却没说出口，只是坐下来，等明华把饭端来，说：

"你先睡吧，谢谢你。"

"你也早点睡，别太累了。"

明华回卧室了，雨虹从他脸上看到了足够的疲乏。

第二天，雨虹发出了那封信。

于是，她和那个心中的风铃开始了交流与抚慰。

雨虹感觉生活是幸福的。她觉得如果婚后的世界是残缺的，那么现在就是完整的了。多少次，风铃的信让疲惫的雨虹满足和振作，郁结心头的郁悒化作轻风浮云悠悠飘去。雨虹曾想去见见那个风铃，可风铃婉拒了，他说，有了语言这个心灵的密码，就足够了。雨虹很感动。得到心灵慰藉的雨虹，也慢慢体会到了明华的沉重，她想起了风铃信中的一句话："作为男人，真累。"是的，明华是不轻松的。雨虹要给明华更多的爱，这才是人生。

生命的巷道很短，时间却很快，雨虹和明华走过了青年、中年，步入了老年。在寂寞的时光中，雨虹和明华常常散步，回忆过去的事，留守着人生中最后的夕阳。一次，雨虹终于忍不住了，说：

"明华，我要告诉你件事。这件事对我一生都很有意义。"

"让我猜猜。"明华凝视着雨虹的脸，"是说那个风铃吗？"

"你怎么知道？"雨虹愕然了。

41

　　"我知道，"明华郑重地说，"我还知道那个风铃总是托一个叫文平的人为他收转信件，因为，文平是风铃的老同学，是最好的朋友。"

　　"天哪！"

　　"风铃是一个太累的好男人，他渴望永远的交流，人，是离不开这些的。"

　　"不用说了。"雨虹已潸然泪下，她端详着明华，一种巨大的幸福漫溢了她的全身。她知道，这个终生与她厮守的人，就是她永远的知音。

名　字

那年，他上大学，见的世面多了，就觉得爹娘起的名字难听，又土气，又拗口，一听就是个泥腿子。于是，他把名改了。

他改的名字叫志华。

"志华，这名字多棒！"老师说，同学也说。

他就很得意。

放假了，回到家，爹喜得合不拢嘴，一眼紧一眼地瞧他，像要把他挂在眼珠上。也难怪，爹就他一个儿，娘早年间生他时中风去世，他是爹唯一的亲人。爹一声连一声地呼他，唤他，他却摇摇头，半笑半认真地说："我叫志华。从今往后，您叫我志华吧！"

爹愣了。

"咋个叫志华？"

"我改的名，同志的志，华夏的华。"他说。

"……"爹无语。

假期过完了，爹硬没叫出一声"志华"来，但也很少叫他的土名，有时不小心叫一半，又苦着脸咽一半。

他毕业了，分到城市，才华出众，又善交往，办事员、副科长、科长、副局长、局长，一路凯歌，扶摇直上。

同事恭敬地称他："局长！"

岳父岳母亲昵地叫："志华。"他娶的是岳母的独生女，父母的掌上明珠，他自然也就是岳父岳母的乘龙快婿。

一次，爹从乡下赶来，有急事找他。他正在开会，冷不丁瞧见爹，心里一紧，生怕爹唤了他的小名，惹满屋人笑，尚未起身拦住，爹已开了口："志……志华。"

他悬着的心终于掉下来，长舒一口气。还是爹善解人意。

过几年，爹一场大病倒在田里，就没能起来。弥留时，他守在爹身边。爹吃力地说："孩……孩子……"

"爹！"他眼一热。

"我……我想再叫一声……你的小名，那……那是你娘……给你……起的名字……你……你是在土坷垃上……生的……"

"爹，您叫吧！"

"……"

爹只张了张嘴，试了几次，却终未叫出来，一脸的苦楚，去了。

他哭了，心里一阵又一阵疼。

又过了好多年，他也老了，退休了。他对妻子说："我要改名。"

"好好的，改什么名?"妻子不解。

"不，我得改！"他很坚决。

他说到做到，又把名字改成了从前那个又土气又拗口的小名。妻子叫不惯，孩子们也不接受。妻子说："哎，几十年了，我可叫不出，别难为我了。"

妻子就依旧叫他志华。

他长叹一声，默许了。

坐在阳台上，他在纸上写了两个字，叫活泼的小孙女念。小孙女用稚嫩的童音叫："坷——垃——"

冲着老家的方向，他脸上滚下两串浊浊的老泪来。

永远的朋友

老韩得了癌症，整个人都垮了。化疗出院后，他一直情绪萎靡，神情里满是绝望。

儿子韩江看在眼里，急在心里，他知道，心病比生理上的疾病更可怕。于是，他想尽办法为父亲寻找排遣抑郁的"药方"。

这天，他突然发现网上一个抗癌论坛，全国各地的许多病友在上面相互交流，相互鼓励，有的抗癌明星已经让生命延长了二十多年。韩江大受鼓舞，当即给父亲买了台电脑，连哄带劝地把父亲推上了论坛，并为他注册了一个"雷霆苍松"的网名，发了一个"新病友报到"的帖子。

别说，这一着儿还真管用，韩江本来还担心父亲的倔脾气融不进去，没想到帖子一发出，很多人就热情地过来打招呼。老韩被大家的友情打动了，于是慢慢地开始回帖。很快，他就和几个人聊起来了。

这一天，老韩的心情好了很多。

万事有缘，一个网名叫"秋风斜阳"的女网友和老韩成了朋友，因为他们患的是同一种癌症。或许是老韩发帖的语气过于伤感，秋风斜阳真诚地说："苍松，当初我被诊断出癌症时，和你一样绝望，可是，在无数朋友的鼓励下，我挺过来了。勇敢地站起来吧，做一棵雷霆击不倒的苍松！"

老韩感动极了，为一个不曾见过面的女人，他流下了眼泪。

从此，老韩每天都和秋风斜阳交流着彼此的心情。为了聊天方便，他们进入了QQ。早晨，秋风斜阳会准时在8点钟问候："苍松，起床了吗？"等老韩回复后，秋风斜阳就说："赶快吃早餐吧，然后去外面锻炼一个小时，我们9点钟见。"于是，老韩顺从地吃了早餐，就出门打太极拳了。到了中午，秋风斜阳又会提醒他午休一个小时，而夜里，老韩赖在网上不想下线的时候，秋风斜阳又会温柔地说："睡吧，做个好梦，明天见。"

老韩的心情越来越好了，甚至比过去没诊断出绝症时还要好。也许是多年独身的缘故，他已经很久没有品尝过女人的关心和柔情。而秋风斜阳，一个没见过面的女人，却让他被温情抚慰着，心里暖融融的。

父亲精神好了，韩江自然十分高兴，他从心里感激这个叫秋风斜阳的阿姨，真想有一天去当面谢谢她，因为是她拯救了父亲。恰好在第二年，秋风斜阳发起了一次病友聚会，韩江和父亲终于见到了她。秋风斜阳是一个清秀的中年女人，真名王秋阳，她有一个女儿叫彭倩。老韩在这里度过了非常快乐的三天，王秋阳和几个病友像接待亲人一样，和他拉家常，聊心情，交流抗癌心得，还拍了很多照片。韩江也与彭倩相识了，两个人有一个共同的感受：生命只有在爱中才能延续。

回到家后，老韩在网上看到了这次相聚的照片，无数病友跟帖祝福。老韩幸福地哭了。

就这样，三年过去了。老韩的病还是复发了，而且再也无法挽留生命的脚步。但是，老韩一直微笑着。弥留时，老韩拉着韩江的手，说："孩子，爸拜托你一件事，等我不在了，你就以我的名义，继续和你王阿姨聊天，千万不要让她知道我的死讯。答应爸爸，就像什么事都没有发生一样。"

韩江噙着泪水，重重地点点头。

老韩去世了，但网上继续活着"雷霆苍松"，每天，韩江照例与王秋阳交流着，而王秋阳一如既往地关心、呵护着老韩。有一次，韩江夜里加班，第二天起得晚了，王秋阳就担心地问他是不是身体不舒服，又说了很多劝慰的话。韩江一面向王秋阳解释，一面默默地流泪。

这天，韩江突然接到一个电话，是彭倩打来的。原来她出差到了本市，妈妈嘱托她来看一看韩伯伯。

韩江有些突然，思忖一下，撒谎说："好啊，只是不巧，我爸爸去外地会病友了，要一个星期后才能回来，我现在就去接你。"

　　彭倩随韩江来到了家里，坐到了那台给老韩带来了无数温暖的电脑前。突然，彭倩盯着一个地方愣住了。韩江循着彭倩凝视的地方望过去，一下子呆了：他忘记了一个最最重要的细节，在书房的墙上，挂着父亲的遗像。

　　"怎么，韩伯伯他……"彭倩的眼圈红了。

　　韩江只好把真相告诉了彭倩，末了说："彭倩，请你千万不要让王阿姨知道，这是我爸爸的遗愿。王阿姨还好吧？"

　　彭倩的眼睛里涌上了泪水，沉默一会儿，说："韩江，其实，我妈妈半年前就去世了，临终前，她老人家给我说了和韩伯伯相同的话。"

　　顿时，韩江泪流潸然。

蝴蝶飞

乡下人杨群走到这座高层住宅楼前时，禁不住有些眩晕。他使劲地仰起脖子，感到整座楼房正在倾斜……他不敢再望下去，抑制着怦怦的心跳上了电梯。

有关童年的记忆在电梯里迅速地重放了一遍。就在一到十七层的距离之内，杨群的眼前打开了一幅幅童话般的画面：有阳光，有鸟鸣，有无边无垠的庄稼，有绵亘起伏的山野，有河水的鲜腥，有野花的幽香，有浑厚的牛哞和缠绵的羊咩，有蝴蝶的翩飞，蜻蜓的曼舞，蚂蚱的嬉戏……

当然，最重要的是薛莉。

此刻，杨群正站在通向记忆和重逢的电梯上，即将敲开一扇半空中的门——那扇门里，住着一个叫薛莉的女人。

蝴蝶的翅膀在薛莉的小手上张合，像是一个舞动着的花瓣。置身于春天的田野，在阳光、风和水的浸淫中，杨群觉得薛莉更像是一只轻盈曼妙的蝴蝶。她在杨群的心中几乎像蝉翼一样透明。这是儿时的薛莉，而17年后的薛莉会是个什么样子呢？

杨群在回忆和设想之中几乎浑然不觉地来到了那扇门前。他犹豫了一下，手在靠近门铃的地方悬浮着。这一摁就摁开了17个春秋啊。一段漫长的岁月就要在手指的轻轻一摁中瞬间打开了。

女人在门缝中出现时，杨群差点没认出来，他几乎就要脱口而出了："对不起，找错门了……"但是那双眼睛给了他肯定的答案——没错，那两泓清眸中有阳光、风和水，有蝴蝶的翅膀和野花的缤纷……只是这双眼睛掩藏在高级化妆品的脂粉和首饰的光环中，被漂亮和雍容包围了。

"你找谁?"女人问。

"请问……你是薛莉吗?"杨群已经预感到了女人的震惊。

"是的……你是……"困惑写满了脸上的每个角落。

"我是杨群，老给你起蝴蝶的小羊羔呀!"杨群激动得无法控制自己的声音，他的声带就像是河水上被鸭子搅乱的波纹。

"哦……是吗?"薛莉显然是记起来了，但她并没有表现出应有的激动。她甚至还迟疑了一下，才闪开身来:"进来吧。"

杨群在意大利真皮沙发上坐下来之后，就感到了蝴蝶的飞舞——不同的是，蝴蝶正在向一个离他越来越远的地方飞去，那地方肯定不是历史。杨群感到了阳光在秋风中枯萎的苍凉。

"你从哪儿知道我的消息的?"薛莉说。

"是这样……"杨群从实招来。

"我的住处呢? 你怎么找到的?"

"我打听着寻来的……"

杨群发现薛莉的问题一直集中在这里，他有一种被围困的感觉。他想摆脱，但他摆脱不掉。他有一堆关于17年前的话题要说，但他发现这些话题像那只神秘的蝴蝶一样飞远了。他还想问一问薛莉目前的生活，后来他想没必要了，看看室内的摆设就知道她过得不错，而他的闯入就像个彻头彻尾的入侵者——历史对现实的冒犯显得唐突而无礼。他只拥有17年前的明澈和烂漫，现在，他越界了。

"不打扰了，我还有点事……"他起身告辞。那一刻，他看到了薛莉眼中真实的轻松——他的离去就是她的解放。

下楼时，他的眼睛有些潮湿。

乡下人杨群那时想，他将再也不要见到这个叫薛莉的女人，这个在17年前的那个秋天随父进城的女人。17年来，他的目光始终被当年那个蝴蝶一样的背影牵着，但是，17年后，那个长大了的背影明显地昭示了她对乡下人的排斥。后来他才明白，这些年，一个又一个乡下人造访过她，从她这里拿走他们所想要的东西——城市人薛莉由对乡下人的同情、鄙夷演化为了厌恶和恐惧。杨群想，他来得真不是时候，蝶舞清风的季节已经过去了。

　　两年以后，杨群看到薛莉出现在了一个大型超市里。他那时很想去和她打个招呼，但他最终放弃了。这样大家都很平静。他有什么理由去打破这份平静呢？

　　与薛莉再次见面是在八个月之后。薛莉的妈妈要做一个大手术，需要一笔昂贵的费用。薛莉的丈夫这时生意上正好蚀了本，两人正一筹莫展时，杨群来了。杨群说："别发愁，钱我已经交上了。"薛莉一下子愣在地上，似乎被一个神话激懵了。

　　"杨群，这钱……"良久，薛莉问。

　　"放心，钱是我干干净净挣的。"杨群说，他朝附近的一座大楼指了指，"那座超市的掌柜，就是我……"

　　薛莉张了张嘴，半天没说出话。

　　送杨群下楼时，薛莉终于歉疚地说："上次我对你那么冷淡，你不恨我吧？"

　　"哪能呢……"杨群憨厚地笑笑。

　　"谢谢你，小羊羔！"薛莉的眼睛红了。

　　杨群的鼻子也酸了，他看到17年的岁月织成了一条素洁的纱带，把17年前与17年后连在了一起，他看到那只飞远的蝴蝶又飞回来了……

　　杨群动情地说："谢什么呢？其实，咱乡下人，也在变呢……"他没想到他会说这句话。但他分明地看到，那双清清的眸子中无边无际的澄澈……

抚 摩

下雪了，天冷。

我站在窗前，往外面看，一片皑皑的白。所有的车都在街上小心翼翼地走，顶盖上蒙着雪，像个老太太。我笑了，好天气，这样的天气，病人和伤者会增多，会因大医院的满员而流入我的私立医院。我没理由不高兴。

神经内科的姚大夫进来了，说又一个病人交不起住院费了。我漠然地说，你该知道怎么办。

但是他的儿子很难缠，求得我没法。姚大夫说。

下午就断他的药——对付这种人非得来硬的不可！

姚大夫走了。我靠在椅背上，眯起眼睛。姚大夫很像我的过去，一把出神入化的手术刀，刀至病除。

下午，一个黑脸大汉闯进了我的办公室。看样子，他来者不善。我处之泰然，习惯了，我早已学会了从容应对。

他说他是那个被强制停药的病人的儿子，叫高大壮。这名字不错，活脱说就是他形象的概括。

我说，你有什么事？

求求你，院长，不要给俺爹停药！他依旧求。

我当然不想这样，可这里不是慈善堂，没钱我的医院就无法运转。请你理解。我说得坦诚。

俺知道，俺知道。高大壮苦着脸，眼里泪花花的，请你再宽限俺几日，俺去

51

筹钱。

我侧过身，望着窗外。雪依旧飘飘洒洒，似乎北风也起了。真是好天气啊。对付高大壮这类人，最好的办法就是不理他，任他哭，任他闹。

"扑通"一声，高大壮跪下了。一个大汉猛然跪下，把地板震得一晃。我瞧着他，那张黑脸上爬满了泪，像头绝望的水牛。

求你，救救俺爹，俺给你磕头。他磕了，很响。

我有些不知所措。我经历过女人下跪的，但像高大壮这样的大汉，会跪，会流泪，会磕头，这是第一次。我犹豫了一会儿，还是横下心，说，拿钱看病，天经地义。都像你这样，我的医院还不要关门了？

高大壮不哭了，黑脸更黑，鬓角一跳一跳的。良久，他红着眼说，俺脸黑，你心黑。你不给俺爹治病，俺也不让你好过。俺这就下去喊，你这不是医院，是黑店，反正没指望了，俺大不了赔上一条命！

救护车的笛声，破雪而入。病人正在增多。这样的好时候，医院不能乱，高大壮绝不可胡来。我考虑着，该不该先稳住他……

这时，门又被推开，进来的是姚大夫。他看着地上的高大壮，喉结滚了一下，对我说，院长，我又给病人恢复用药了。请原谅，我没法面对病人，我是一个医生……

我愣了一下，点点头。我说，你做得对，救死扶伤是我们的天职。高大壮，医院同情你，你也要理解医院，快去筹钱吧。

姚大夫很吃惊，高大壮也很吃惊。末了，高大壮又磕了一个头，随姚大夫下楼了。

黄昏的时候，风刮疯了。雪在空中横着飞，尖利的啸声穿过窗缝，刺进人的耳朵。我下意识地缩了缩脑袋，准备回家。

突然，走廊上响起了惶急的喊声，好像是哪里起火了。我走出屋门，这才知道药品和器具仓库因职工私用火炉和电暖器失火，如不及时控制，一旦借着风势蔓延，后果将不堪设想……

情况危急，我一下子傻了。片刻后，我如梦方醒，赶忙拨打119。然后，疯了似的奔向仓库。那里已经围了很多人，有的用盆，有的用桶，往里面送水，滚滚浓烟从门窗里涌出来，被风扯散。

谁在里面？我问。

不知道。

情况怎样？

基本控制住了。

消防车赶到时，火已经被扑灭了。谢天谢地，我的损失降到了最低限度。这时，里面的人披着一床千疮百孔的被褥走了出来，天哪，是高大壮！

我目瞪口呆。这个给我下跪的人，现在，是我的恩人。

我把高大壮安置在了病房，他的头发已全部烧焦，呼吸道也有轻微灼伤。我跪在了他的床头，抚摸着他粗糙的大手，许久说，你为什么要冒这么大险去救火？

高大壮看着我，憨厚地说，你给俺爹治病，俺感激你。仓库里那些东西，可都是救命的呀……

我落泪了。我知道，我的心正被一只大手抚摩，我感到了柔软和疼痛。

鸭 谋

那只鸭一动不动地坐在那里，一副固守时光流转的样子。我也一样，我这么木雕般蹲着，和鸭对视，眼神里充满敌意。我的右手里握着一把刀，或许换一只鸭，我会在此刻心怀些许怜悯，一丝愧疚，但现在，我同情心尽失，甚至对这只鸭产生了某种愤怒。原因很简单，在近午的日影里，这只毛色鲜亮的鸭辐射着高贵的靛蓝，长颈挺拔，头颅高扬，二目漠然，显得气宇轩昂且桀骜不驯。

通常来说，鸭总是那种呆头呆脑、笨拙可笑的样子。它们会在阳光里踏出一路烟尘，身体大幅摇摆，看上去充满滑稽和荒谬的意味。这种同样生着翅羽的动物，居然与轻灵无缘，实在算得上一种反讽。更有趣的是，它们每每于戏水的癫狂中发出愚蠢的怪笑：啊——啊——啊——放荡不羁，声震四野，高兴得叫人匪夷所思。

因此，我不得不对目前与我对视的这只鸭产生本能的惊奇和困惑。

为了验证面前这颗高傲的鸭头是否会低下去，我站起来，走近它。它始终看着我，凛然不动，一副你奈我何的做派。它的有恃无恐让我滋生了些许切齿之恨，但现在我不想下手。我俯下身，把它拎起来，又把它放在地上，如是者三，它始终一如既往，正襟危坐，傲视一切，神圣不可侵犯。

我退回原处，继续与它对视。日色正在一点一点把它镀成一件艺术品，真正的艺术品。——无疑，这是一只具有叛逆精神的鸭，一只卓尔不群的鸭，出类拔萃的鸭，视死如归的鸭，或者说，这只鸭有着某种精神和人格。

我为这只鸭的出色表现找不到合理解释。如果硬要牵强附会的话，只有与刘泉联系起来才有可能。这只鸭是从刘记鸭铺买的，当然，鸭铺的老板刘泉是不亲自卖鸭的，因而，我用钞票购得了这只鸭的归属权，刘泉自然全然不知。

若干年前，刘泉正像我印象中众多的鸭一样，愚蠢、笨拙，并且颇有几分卑贱——他的两挂长鼻涕经年不去，像两道瀑布，那张嘴便成了水帘洞。刘泉常常会无端地傻笑，乐得莫名所以，而且一笑就收不住，脸色憋得通红，鼻涕四方飘逸，总让人担心他会一口气上不来而有某种不测。这只蠢笨的鸭子，穿过岁月一路走来，如今正像我面前的这只鸭一样，安如泰山，傲视众生，一副居高临下的架势。看来鸭也是可以变异的，有时仅仅是一夜之间。

然而一切变化都往往令人生疑，或者叫人猝不及防。那些本质的属性似乎轻而易举地就会被某种奇异的真实颠覆，土崩瓦解，不可捉摸。现在，我和鸭的对视变成了对峙，我居然一时有些恍惚，忘记了这种对峙的意义。后来我手里的刀提醒了我，它在愈来愈烈的日色中锋芒犀利，咄咄逼人。

而此时，我幼时的玩伴、今天的老板刘泉，按照约定正在步履矫健地走来，沿着我的刀锋，足音舒缓嘹亮，有高亢的乐感，日光流泻而下，把他镀成了一尊伟岸的铜像。——其实不然，这只是一种臆想，一种意象，刘泉会驾驶着他那辆桑塔纳2000来和我谈生意，喇叭的响声把阳光震得七零八落……

我把刀在眼前晃了晃，有些张不开眼睛。那只鸭依然故我，尽显英雄本色。我忽然觉得它有些面目可憎。死到临头了，看你还能神气到什么时候！我这么想。我几乎想象到了手中这把打磨得锐利异常的刀削掉鸭头的情形：嚓——何等痛快！

然而我仍然有些不甘心，一刀结果了它总有些遗憾。我再次提起了它，又放下，这一刻我想，它的脑袋倘若低下去，或许我会放了它，专门养着它，而去屠杀另一只鸭。——这绝对是真心话。

但是，我的设想未能成为现实。

现在，结局已经毋庸置疑，这只高傲的鸭将成为我的刀下鬼，然后投入锅内，经过若干制作工艺加工成一餐美味。这只从刘记鸭铺买来的鸭，和刘泉极尽神似的鸭，将用来满足刘泉的胃口，换言之，我将杀掉刘泉的鸭来招待刘泉。

日光已经像火焰一样，空气中能听到轻微的爆裂声。我的汗水开始渗出来，毛孔莹莹发亮。刘泉的车喇叭声也似乎依稀可闻，极具穿透力。但那只鸭依然保持着固有的姿势，我行我素，精神显然已上升到了大无畏的境界。这使我不得不油然而生了某种仇恨的敬意，或者敬意的仇恨。……我的刀开始发颤，日光纷扬迷乱，银星四射，遍地晃着破碎的光斑。终于，空中掠过了一道炽白的弧……

鸭头落地，鸭身居然未动！

端坐着的这只无头鸭，泰然不移，岿然不倒，仿佛有某种神力。

我后退几步，不禁倒抽一口冷气。

我的所有记忆开始成为碎片，连同岁月，都成了白亮亮的碎片，叫人眼花缭乱的碎片。

一个电话救了我。刘泉不是鸭，不是这只无头鸭。他的声音使我回到了现实，对这只鸭再次进行了确定。它就是一只鸭，一只鸭而已。

刘泉说："我半个小时后到。"

临了又补充一句："我带酒。"

现在，鸭蹲在了肉案上。是的，蹲着。但它将很快被肢解，成为血肉模糊的块状物。我笑了一笑。我的刀高高举起，然后狠狠落下：当啷——一声尖锐的响，刀被弹落在地，我的手也震得麻木了。我有一刻陷入了恍惚。我的耳边一直有什么在嘶鸣，类似某种金属的尖啸。

意外的情形终于定格在了我的视线里：我为鸭找到了合理性的解释——在它的屁股里，塞着一颗沉重的鹅卵石。这只刘记鸭铺出售的鸭，被屁股里这颗卵石坠着，没有第二种姿势，也没有第二种神情。

一切都昭然若揭。这只可怜的鸭该感谢我，或许我举刀的一刻便感激萦怀。它结束了苦难，而我的刀也报废了——它们都解脱了。

……

我把鸭肉和卵石盛在了同一个盘子里。这不是常人所能吃到的美味。我劝刘泉吃肉。我问他味道怎样。刘泉表情自然，充满了品味的真实感。

刘泉说："很好。"

刘泉又问我他的酒如何。我知道这些豪华的瓶子里装的什么货色。我很投入地呷了一口，慢慢品咂，我想我的表情一定十分生动。

我也说："很好。"

饭后，我们热烈握手，异口同声："成交。"——刘泉坐得很庄重，很有气度，但我十分坦然，我已用心重铸了一把快刀，削铁如泥。我们都笑得很灿烂……

流浪的花花

1

在一个阴沉的日子，我出走了。

我是花花。

我也是花花。

2

我一口气来到了市郊。

世界真大啊。大片大片的土地，远处还有鱼一样游着的山。天不像在城市那样，被高楼切得一块一块的，而是绵延无边的蓝。

我撒着欢，跑进田野，不断地歌唱着。

突然，我遇到了一个瘦女人。瘦女人穿着很破旧的衣裳，满脸都是泪，跌跌撞撞地行在田埂上，口中哭唤着："花花，你在哪儿？你回来呀——"

她是在叫我吗？我答应着跑过去，扯着她粘着泥土的裤管。她的家没准儿就住在这里，那正是我想去的地方。

可是，瘦女人压根儿不理我，甚至还踹了我一脚，自顾朝前边走去了。

我失望地摇摇头，我这么高贵，她可真是有眼无珠啊。

3

你一路奔跑着，前方现出了一座座高楼的影子，到市郊了。

你的心怦然一动，泪水潸然而下。这里是你的梦，是你魂牵梦萦的地方。

你看看身后，没有人追上来，你放心了。

你弹了弹身上的尘土，整了整头发，向前方走去。城市离你越来越近了。

这时，你碰到了一个胖女人。胖女人雍容华贵，全身都是名牌，首饰一闪一闪地亮着。她满脸泪水，痛不欲生，哀哀地呼唤着："花花，我的心肝，你在哪儿？你快回来呀——"

难道这个女人认识你？那么，你漂泊的脚步就有了归宿。你激动地走到胖女人跟前，怯怯地问："你在叫我吗？"

"你是谁？我在叫我的花花。"

"我就是花花呀。"

"你……你也配叫花花！"胖女人鄙夷地撇着嘴，继续向郊外走去。

你怔怔地站着，感到心被狠狠地刺了一下。

4

夜里，大风刮起来了，好冷，看样子很快就要下雨了。

我孤独地在野外徘徊，饿得没一点力气了。往常，美味佳肴早就端来了，可现在，连点残羹冷炙也没有啊。

四下里黑得伸手不见五指，还有乌鸦凄惶的叫声，我突然怕极了。

我开始向城市里走，那是我养尊处优的地方。我不想回家，但我要吃东西，对，就先找个餐馆之类的，解决一下肚子问题吧。

但是，大雨倾盆而下，我匆忙地钻进了一座桥下的涵洞里。

5

你像一个叫花子，踯躅在宽阔的长街上。

没有人理你，你突然发现，你完全是多余的。

你累了，的确累了，跑了几十里路，又一天没吃东西，你觉得快要垮掉了。你坐在街边，闻着旁边一家小餐馆里飘出的香味，大口大口地咽着口水。可是你没有钱，哪怕是一分钱。

霓虹灯把城市的夜空点亮的时候，你终于鼓起勇气走进了餐馆。

你说："老板，招工吗？我什么活儿都能干。"

"招工？生意难做啊，我正准备辞工呢。"老板不耐烦地说。

你找了好几个店，结果都失望了。尽管有一个店正在招人，可人家招的是熟手，没经验的不要。你感觉彻底被遗弃了。

你恍恍惚惚地走着，几个男孩子野野的唿哨让你十分恐惧。你无意识地向来路走去，那里是乡下，可你此刻全然忘记了。

一颗雨点打下来，大风像狼一样在街上狂奔。你无路可去，仓皇中，你看到了那个涵洞。

6

我蜷缩着，浑身瑟瑟发抖。

天像一个决堤的大水库，哗哗地往地上泼水。空气又湿又冷，我想象着躺在主人臂弯里的温暖，想象着豪华的住宅，有些后悔自己的鲁莽了。

一阵脚步声，你跑进来了。你好瘦啊，像那个乡下的女人。

你倚着墙，慢慢地坐下。你像是要瘫下来了，虚弱得让人心疼。我悄悄地靠近了你，我想找一份依靠，更渴望得到温暖。

终于，你把我抱在了你的怀里。你说，多可爱的小狗啊。

我温存地贴着你的心口。我能听到你的心跳。心跳声遮住了风声和雨声，我感到踏实了。

夜好长，我们无法入睡。后来，你对我讲了你的故事。你说，你是家里的一头牲口，除了犁田耙地，还要被拿出去卖钱。你爹爹常年有病，弟弟的学费也没着落。你娘不让你上学了，给你找了个跟爹爹差不多大的老头，用彩礼钱给爹治病，供弟弟上学，后天，就是你出嫁的日子……于是，你逃进了城市。

我也给你讲了我的故事。我是主人的掌上明珠，每天被主人宠着，洗澡、梳理、喷香水，还化妆。好吃的好喝的我都吃腻了。可我厌倦这种生活，我想到野外去，无拘无束，找回我天生的那点野性……所以，我出走了，跑到了乡下。

你流泪了，你说，你卖给那个老头，值一千元。

我说，我值两万元。

你说，我叫花花。

我舔着你的脸，说，我也叫花花。

视 角

驼子走在街上，一束束目光，网样罩着他，鄙夷地。

驼子心里于是好酸。

驼子出门时，穿着很高的高跟皮鞋，几乎同女人的一样高，驼子还穿一色的衣裤，企图在人们的视觉中，变得"修长"些。但这无济于事，驼子的脑袋，仍高不过一般人的肚脐。

驼子走到一处，停下。那儿正有黑压压一群人，围着一棵大树。树高而直，几乎无斜枝，只在树顶有个硕大的冠，枝杈上有个硕大的鸟窝。大家就指着那鸟窝七嘴八舌：

"谁敢上去把那鸟窝掏下来？"

"谁掏下来，赏他五十央！"

……

众人都在那儿仰视。摇头。树干足有一搂粗，且皮滑无比，摔下来不是玩的。没人敢。

驼子听了会儿，俯身，从一个个胯下钻进去，两手一叉：

"我敢！"

众人循了声音，低头，一齐笑：

"哈，驼子！"

"你？"一老者拦，"回吧，别把小命赔了！"

驼子转身，甩掉高跟皮鞋，"呸！"往两只手上各吐一口唾沫，嚓嚓嚓，上

61

树。众人渐渐由俯视而平视，由平视继而仰视。驼子爬得好快，大家渐渐只看到一只壁虎在半空轻捷地爬动。人人都敛了声息，好静。

驼子稳稳坐在树枝上，将鸟窝扔下去。人群里一片惊呼：

"了不起!"

"好功夫呀!"

"驼子，真有你的!"

"……"

一双双眼睛射出崇敬和赞叹。

驼子的眼就有些模糊，驼子看看天，又看看地，觉得自己仿若坐在一片祥云之上。

驼子真想一辈子就这么坐在这儿!

驼子下来时，天已黑了。人就作鸟兽散。驼子没听清楚大家再说些什么，满怀喜悦，回家。

第二天，驼子上街，一束束目光，跟从前一样，鄙夷得好像一切都未发生过。驼子喟然长叹：这辈子是逃不出这张网了!

跑

刘给她的印象一直是滑稽而笨拙的。

上大学时，刘和高是最惹人瞩目的两个男生。刘和高都有一副挺拔的身躯，都很英俊，而且都才气横溢。最初，她实在辨不出两个人的高下，直到一次体育课上。

那天是测试百米跑成绩。刘和高正好是一组。谁也没想到跑道上会出现这样一幅反差极大的图景：高身姿潇洒，健步如飞，不亚于奥运会上百米冠军的风采。而刘则极不协调地摆动着手臂，步频迟缓，摇摇晃晃，像一只硕大无朋的被驱赶的鸭子。当时，她差点笑出了眼泪。

后来，她和高相恋了。

很长一段日子，刘一直有些黯然。刘似乎有意地在回避着她。她是个敏感的女孩，她知道，刘也喜欢她。

但她不能容忍刘的"跑"，他的"跑"把原本完美的形象破坏了。

大三的时候，刘做了学生会主席。刘把全部热情都倾注到了学习和工作上。高做了副主席，而她则担任宣传部长。

他们配合得很默契。

有一次，高对她说："知道吗？刘这是另一种方式的宣泄。"

她说："宣泄什么？"

高胸有成竹："什么事都瞒不过我。刘暗恋你。"

她笑了笑："何以见得？"

高说:"他的眼神告诉了我。刘不是那种善于掩饰自己的人。"

她说:"就算这样,那也是他的权力。"

高说:"我一直把他引为对手的。"

她笑而不答。

她只想和刘成为很好的朋友。——刘的"跑"注定了他们只能是朋友,而不存在友谊之外的东西。

毕业时,他们分到了同一座陌生的城市。

人地生疏,他们的确成了情同手足的朋友,常在一起聚聚,互帮互勉。

真好。她想。

有一个周末,他们在一家小酒馆吃过饭,高提议去歌厅唱歌。路上,突然有妇女的求救声:"抢劫了,抓坏人呀!"只见一个持刀的青年向他们这个方向猛冲过来,后边是一个跟跟跄跄追赶的妇女。就在她惊怔之际,高牵着她的手,飞一样跑向了一侧,她险些被带了个跟头。而在她回过头的那一刻,一个意外的情景闯入了她的眼帘:刘以极不协调的跑姿朝歹徒扑了上去,然后,路边盛开了一片殷红……

后来,她和高分手了。

第一次,她觉得刘跑得很美。她明白,那美与跑的本身无关,而在于跑的方向。

钓 友

有一阵子，我心里很烦，生活和工作许多地方不如意。于是，一有闲暇，我便拎副钓竿去远远的河边钓鱼。

那段时间，天也不凑趣，老阴着，像张苦苦的脸。我蹲在河边，望着渺渺的河水发呆，鱼咬钩也不注意，因此也就没钓到几条鱼。

就这样让时光在河边滑过，心里像鱼线上的钓钩，空空的，还弯弯的，总不能伸展。

一天，我的身边又出现了个钓鱼的人。

这人和我岁数差不多，也是一副愁眉不展的样子。光阴难熬，心里憋得慌，我就朝他凑过去，搭讪道："钓鱼呀？"

那人扭过头，很勉强地笑笑，说："钓鱼。"

于是，我们就点上烟，望着天，一口一口喷着烟雾。他转过头，说："钓鱼好悠闲哪，常来？"

我摇摇头："才来两天，解闷儿。"

他叹了口气，脸发青，说："哎，心里不快，到这儿散散心。"

我们真是同病相怜了。我给他敬烟，他挡了，掏出盒"芙蓉王"："吸这个，老兄。"

我接了，认定自己的烟挡次太低，此位仁兄定当是有些身份之人。

"妈的！"他吸口烟，骂了一声，接着便滔滔不绝，"我们那个局长，真不是玩意儿！以为老子好欺负，想咋整咋整？说实在的，他那些狗都做不出的事，老

65

子心里一清二楚，惹急了，我全他妈兜出来，让他王八羔子好看！"

我听了，就点头，说："我们单位那个头儿，也不是什么好东西，哪个小姑娘没让他摸过？哪个人没让他勒过？今天整这个，明天整那个，说狼心狗肺都便宜他了！"

那位仁兄和我发生了共鸣，就更加骂得痛快淋漓。他起码把十个头头脑脑的坏事和盘托出，胸脯子起起伏伏，激动得发喘。我也趁热打铁，把心中的怨气宣泄得黄河之水天上来，真个是舒心畅气，全身轻松。

骂完了，我们就笑，就吸烟。我说："敢问老兄尊姓大名？在何处供职？"

那位很豪爽，不假思索地说："敝人何全，在局当科长。"

"认识您真是三生有幸！"我说。

"彼此彼此，"他摆着手，"老兄你呢？"

我倒犯了嘀咕，陌生人之间乱扯一通，不负责任，万一搞明了，只怕日后……踌躇一下，我撒了个谎："小弟肖诗，公司，小百姓一个。"

何全说："幸会幸会！"

这样，我们在这条河边相处了三四次，无话不谈，已是推心置腹的朋友。但很快，我们的生活即恢复了正常，无暇再来垂钓畅谈了。

一天，我下班顺便拐到了局里，意欲找何全一叙。

"何全？我们这儿压根儿没这个人！"门卫肯定地说。

我愕然了，旋即，我便哑然失笑。看来，我们只有这"钓友"的缘分。相信"何全"先生到公司找我，也一定是徒劳往返了。

德升的泪

德升有几分女人气。

德升当了几年兵，能吃苦，还在部队入了党。抗洪抢险时，一人救出 15 个人，了得！嘉奖寄到家，一村的人都竖大拇指。可德升复员回乡后，还是见女人脸红，说话不敢使嗓子。村人就说："德升这娃，也算见过世面的，咋还这么娘娘气呢？"

德升的女人气改不了。

适逢村两委班子改选，德升什么准备都没有，结果一出，村主任是他。德升老半天没说出话。村人说："德升，往后咱村就交给你了，老少爷们儿信你。"

德升的嘴哆嗦了一阵，仍是没话，眼皮一眨巴，竟滚下一串泪来。

真够女人的。

德升当了村主任，冷静下来，突然感到肩上很沉，这才意识到，是全村的未来，是乡亲们期冀的目光压着。德升想，这可不比救落水群众，这副担子要重得多。

村里长期以烟叶种植为主，却没有好的销路。去年天公又不作美，烟几乎全毁了，枉费了村人一季的心血。

德升就找老支书。

德升说："我出去跑跑销路。"

老支书抽着旱烟，说："你有法儿？"

德升说："试试。"

老支书眯了会儿眼："今年咱村人都不愿再种烟了，上头又提倡调整农业结构，我看这事不好弄。"

德升说："咱这里适合种烟，真跑准了销路，效益还是比种别的强。"

老支书说："你有几成把握？"

德升想了想，脸色就严峻起来，像当年跳进浪头里救人一样："跑不成，一切花销我自个儿承担！"

德升第二天上了路，帆布包里裹了厚厚一兜干粮。一直到了外省一个战友家，德升硬是没在外面吃过一顿饭。

战友好好招待了德升一顿，把德升的脸也喝红了。末了，战友一叹："德升，咱是啥交情，能帮忙我能不帮吗？可现在我真的没这个能力，对不住了。"

德升没话，趔趔趄趄就走了。战友留也留不住。

德升就这么连着找了四个战友，跨了三个省，脚上打了水泡，人也整个儿瘦了一圈。老天不负苦心人，事儿终于成了。那天，德升敞开肚子喝酒，喝得烂醉。

回到村里，德升跟村人签了合同，摁了手印。村人说："德升，有你这张纸，俺们就踏实了。"

德升高兴得想唱，心里哼了几声，嗓子里却没音。德升腼腆。

一桩大事敲定，德升又盯上了路。一场雨，土路给机动三轮车轧得沟壑纵横，几不能行。村里人行路，直骂狗日的，不知骂天还是骂人。

德升又找老支书。

德升说："咱得修路，没有一条好路，咱村就没有出路。"

老支书说："这话在理，可修路钱呢？"

德升不假思索："党员干部一人集资一百元，带个头，群众自愿。"

老支书吐口烟，说："行，可这点钱济不了大事。"

德升说："咱再出去跑跑。"

老支书腿不好，眼神也差，跑了两天，碰了几次钉子，就吃不消了。德升就一个人跑。县、乡财政都吃紧，拿不出专项资金，再说，需要修路搭桥的村很多，应付不了。德升就又找战友。一个战友靠着某种背景搞了个公司，很得意。德升最初不想去找他，犹豫了下，还是硬着头皮去了。战友坐在板椅上，一副居高临下的架势。德升站着，心里跟马蜂蜇着似的，麻、辣、痛，火烧火燎的，可脸上却赔着一层红艳艳的笑。

战友说："想不到啊，三十年河东三十年河西，在部队你不是老看我不顺眼吗？"

德升说："那时是那时，现在是现在。"

战友差点笑呛了："咍，原来人都他妈的是势利眼。"

德升血轰地一热，手就攥成了拳，可他还是控制住了。这会儿，他脑子里横的竖的全是那条路。

战友抽出支烟，叼在嘴里，却不点火。良久，看着德升说："你今天把这根烟给我点上，我立马给你钱，五万，一个子儿不少！"

德升愣着没动。德升心说，我日你娘！德升后来感到脸上发凉，那是战友射过来的目光，冰一样凉，刀子样锋利。德升就一步步走近战友，走得从容，走得虎虎生威，抬起手，"啪"，一豆火苗跳出来，战友倒给吓得一缩脖子，颤颤地把烟凑到火上，许久无话。

路就这样修成了，水泥路，宽阔平整。德升站在路口，军人的站姿，远远看去，像块碑。

收烟季节来到的时候，上头突然来人调查德升的"经济问题"。德升懵了。后来才知是落选的前任班子成员告了他的状，说他公款吃喝、旅游，挥霍了村人的血汗钱。

德升在家里闷了两天，咬牙没让泪水掉下来。

一个月后，村里召开党员干部会。老支书那天特别激动，胸脯子起起落落的，说："上面对德升的调查结束了，一个灰星星都没有。咱人人心中有杆秤，良心就是准星，德升是啥样人，我清楚，大家都该清楚！"

富贵大伯是个近70岁的老党员了，打过仗，当过支书。富贵大伯握着德升的手说："德升，你娃做事，俺们信你、服你！"又冲众人说："哪个狗日的再在背后瞎鼓捣，老子阉了他！"

人群中，就有几颗头无力地垂了下去。

德升的全身都在发抖，他想说点啥，真想说点啥，可他啥也说不出来。眼窝一潮，两行泪便小溪般一泻而下。德升心说，掉啥泪呢，你可真没出息呀……这么想着，泪却流得更欢了。

心中的萤火

孩提时，一个无月的秋夜，他玩累了，回家，芳送他。

他嫌黑，也怕黑，芳说："不怕，我给你做一盏萤火灯吧。"

那时，夜空中流萤点点，在密不透风的黑暗中划出一线光亮。芳去捉萤火虫，他站在原地，等待。他天生胆小，倒是芳胆大得像个男孩。

芳用葱叶装满了萤火虫，纤纤的手指间就提了一管荧荧的光亮。芳说："拿着它，路再黑也不怕。"

多年后，他仍时时忆起秋夜里的那盏萤火灯，朦胧的荧光中，他看到一个八岁的少年和一个七岁的女孩追逐萤火的身影。

那女孩后来做了他的妻子。

萤火灯是他们共同的缱绻。

秋天的晚上，在城市的夹缝里很难见到萤火虫了。节假日，他却总要抽时间和妻子回到乡下，为记忆中的点点流萤。

妻子仍旧用葱叶做萤火灯。捏在手里，一股温暖涌满胸腔。他握着妻子的手，深情地唤："芳——"

紧紧地依偎，两颗心穿透岁月的雾障，飞回童年。

后来，他们有了儿子。

儿子五岁那年，他们一家三口回乡下。又是秋夜，萤火虫点点飞舞，儿子兴高采烈，和他们一起捉着，芳说："我要做一盏最大的萤火灯。"

但是，儿子却把一只萤火虫掼在地上，用脚踩死了。

荧光不熄。

芳呆了，他也呆了。

"为什么?"片刻，芳愤怒地问。

"它有味，不好闻!"儿子甩着手。

萤火灯没有做，他们回到城市。城市才是儿子的世界。

岁月总留下生命的遗憾。

多年后的一个秋天，芳忽然大病一场。在死亡的门槛上徘徊了几次，芳终于病愈了，却落下后遗症，双目失明。

夜暗无边。

泪水沿着芳的两腮簌簌地滑落。

他扶着芳，在生命的秋夜中踯躅。芳几乎崩溃了，一边流泪一边叹息："活着还有什么意思?"

他劝慰着，心却碎了。

一个晚上，他拖着一路风尘，疲惫却兴奋地出现在芳的面前，递给她一盏萤火灯。这是他平生第一次自己动手做出的萤火灯。

芳的手颤抖了。

"拿着它，路再黑也不怕。"

芳潸然泪下。

"以后，我会给你做很多萤火灯。"

"不用了，"芳哽咽着说，"我心中已经有了一片不熄的萤火。"

芳久违的笑使这个秋天的夜晚亮如白昼。

大能人

都知道，陶老大是个大能人。

陶老大住在明珠城市花园。那是个高档次的住宅区，住在里面的人，都是有些钱的。陶老大前些年做过生意，是有些积蓄的。有了钱，陶老大就把生意转了，对人说："人活一世，草木一秋，钱有多少是个够？不操那个心了，享受生活。"

平日里，登门求助陶老大的人，总隔三差五地来，带些好烟好酒，有的还送红包。送红包的人，自是有底气的，红包里的大钞，不会少于五张。陶老大也不客气，照单全收。他说："这年月，知识就是经济，什么最金贵——创意！"

陶老大的脸上，很是有些得意。

陶老大的点子多，一眨眼就不是一个点子，而是一串。不管你有什么问题，陶老大都从容自若，眯起眼，脑袋一晃，然后从那副斯文的眼镜后射出两束智慧之光。如此这般，稍加点拨，求助者立即心领神会，大叹高妙。

有一样，陶老大出点子，不害人。比如有人开饭店，竞争不过对手，陶老大不会出那些诸如故意往人家饭店放脏物或者搞诽谤之类的下作主意，而是在特色、人气上下功夫。陶老大问："那家店主要经营什么？"

来人答："海鲜。"

陶老大又问："你呢？"

"也是海鲜。"

陶老大点点头，说："海鲜吸水，食者易渴，你可配些粥品；另以水果点缀，取名要讲究，比如蟹王摘桃、虾仙贺寿之类。还有，店名也要改一改，就叫润粥海鲜馆，人图什么，就图个滋润。"

来人回去一试，果然大见成效。

当然，人有三六九等，出入于陶老大门庭的，有官，有商，也有布衣百姓。陶老大倒没什么身份歧视，一概接待。一次，来了个中年人，挺瘦，营养不良的样子。中年人苦着脸道："前些时让人骗了，找给我二百块钱假币，花也花不出去，真叫人心疼。"

"哦，是挺闹心的。"

"不光是这个呢。"中年人说，"今天又接到了一个请帖，让我去参加他儿子的婚礼。那人我仅仅是认识而已，平常又没什么交情，这不是逼着我给他凑份子吗！"

"你不去就是了。"陶老大不以为然地说。

"不行啊，老伴说再怎么也是个面子，这个冤大头我是做定了。"

陶老大突然笑了："这事好办。你用红包包一张假币，既买了人情还赚了一餐，留下那张，下次用。"

中年人一拍脑门儿："我怎么就没想到呢？好，好，一箭双雕。"

看中年人高高兴兴离去，陶老大也很开心，扯开嗓门，唱了段京戏。

这年，陶老大的儿子有了难处。儿子逢着一个机遇，可争一个很有实权的位子。儿子把那位子看得比命还重，他有太强的政治抱负。而要争这个位子，就得给上司"表示表示"。

陶老大说："花多少钱，老子出得起，你说，多少？"

儿子摇摇头："要是这样就好了，事情没那么简单。"

"怎么说？"

"这个上司就喜欢一样——收藏，尤其爱收藏古董。"

"这有何难？去文物市场买几件就是了。"

"一般文物和仿制品，上司根本不入眼，这方面，他内行得很。"

陶老大也犯愁了："那怎么办？"

儿子说："我问你呢，难得住别人还能难得住你吗？"

是啊，他陶老大何时做过难呢？

"除了这条路，就没别的办法了?"陶老大问。

"没有!"

陶老大踱了半天步，也没什么主意。一个大能人，居然也有山穷水尽的时候。

儿子一咬牙："盗墓!"

陶老大的脸白了："那是先人留下的东西呀，你疯了!"

儿子说："顾不了那么多了。"

陶老大到底妥协了，尽管他反复掂量了这件事的风险，可他还是妥协了。他就这么一个儿子，视如珍宝。他不忍心让儿子受屈。陶老大吸了几支烟，下了决心："这事太危险，咱不能出面。我出钱雇人，成败都在天意了。"

文物拿到了，警察也上门了。

陶老大把事情都揽在了自己身上，没儿子什么事。于是，全城人都知道，大能人栽了。

法院审判时，法官让陶老大做最后陈述。陶老大仰天一叹："哎，我是聪明一世，糊涂一时。人再能，也不能昧了良心，报应啊!"

所有的人都看到，陶老大的眼睛里，流下了两行晶亮的泪水。

独 立

他在这个单位里是副职。

副职离正职差半格。可别小看了这半格，说不定一辈子都跨不过去。这一点，他感触颇深。

其实就这个副职，得来也不容易啊。没人比他更知道他为此付出了多少。

他的秘诀是"唯命是从"，再有就是"原版复制"。

当他还是个小职员的时候，他对科长的话就奉若圣旨，巨细照办。开会发言时，等科长讲完后，他总说："科长的话深刻全面，精辟入理，给我指明了努力的方向。"随后，就把科长的要旨一、二、三、四地罗列出来。

如此，科长很信任他。

再后来，科长就很器重他。

"这个同志很有培养前途嘛。"

他就当了副科长。

当了副科长，依旧如故。科长的话就是真理，他是科长的传声筒、喉舌，俗语"口条"。

"看看，我没看错人嘛，这个同志态度谦虚，绝非得志小人之流。"科长赞许有加。

后来，科长退了。

蒙科长力荐，他继任科长。

科长是一科之长，全科的人都得听他的。他讲话，仍一如既往，按三管副职的讲，按主管副职讲的办。每及一定场合的会议，他发言时必说："副×长讲得深刻全面，精辟入理，给我们指明了努力的方向。"这里的"我"，换成了"我们"，这就有了些分量。副职自然高兴。接下去，他就又把副职的要旨一、二、三、四地罗列出来，甚是得体。

副职也说："这个同志很有培养前途嘛。"

一个机遇，副职调离，他蒙这位前任副职力荐，升任副职。

在这个单位，副职的级别不低，一人之下，几百号人之上。他讲话，还是一切如故。正职的指示，他言听计从，认真落实。大会小会，待正职讲话完毕，他便很振奋的样子，说："×长的话，深刻全面，精辟入理，不仅给我们指明了努力的方向，而且给我们注入了工作的动力。"这里有一个"不仅……而且……"，递进关系，正职非常满意。之后呢，他就又把正职的要旨一、二、三、四地罗列出来，以示强调。

正职私下里深有感触地说："这个同志很有发展前途啊！"请注意，这句话里有两处值得强调一下：一是"发展"取代了"培养"，一是语气词"嘛"换成了"啊"，虽系三字之别，感情色彩可大不相同了！

他当然明察秋毫，却佯装不知。

过了几年，正职阴沟翻船，让一个"情妇"捅了老底儿，掉了乌纱帽，还蹲了班房。谁接任呢？还用问？非他莫属。

当了正职，他长长地舒了口气，腰也直了，头也高了，精神头判若两人。

他先开了个反腐倡廉会，对前任正职的腐败行为深入批评，认真总结。

他清了清嗓儿："同志们，×长……违法违纪的问题发人深思啊！"

这时候，就有人觉得他真是挺客气，前任已锒铛入狱，他倒还称他"×长"。

"我们一定要吸取经验教训，在以后的工作中……"一、二、三、四，他讲得头头是道。在座诸位听着，觉得耳熟，可不嘛，还是前任的话，一字没动。

中午，吃了顿工作餐。有酒，而且是好酒，是他这个级别该喝的酒。一圈人都敬他，他也高兴，放开了量，就喝多了。

他很严肃地说："同志们……"一、二、三、四，有条不紊。席上人听了，仍觉耳熟。不耳熟才怪哩，那不还是前任常讲的话嘛，连酒令都如出一辙。

他忽然眼红了，情绪激动起来，说："妈的，老子这么多年，没说过一句自己的话，现在我可独立了，以后……"一、二、三、四……他说了很多，舌头也硬了。

众人听了，还是耳熟。

于是想：他简直就是个复制品。

他自己可一点也没觉得。他手势道劲地说："别以为我醉了，我清醒着呢……"

反 常

副书记老刘很快就要到站了，善解人意的女儿说："爸，你现在就要转换一下思维方式，尽快适应老百姓的生活。"

老刘思忖了一下，觉得女儿说得有理。在位多年，官场生活早已习以为常，车有人开，茶有人倒，饭有人安排……可一旦退下来，这些东西将很快离自己远去。适应不好，难免抑郁，这样的例子并不鲜见。前年，老周退下来，原本生龙活虎的一个人，一夜间就成了蔫鸡，没过多久，"嘎嘣"一下竟撒手人寰了。哎，血的教训哪……

老刘决定，提前进入角色，顺利"着陆"。

这天一早，司机首先接到了老刘的电话："小张啊，以后不用来接我了，我步行上班，权当锻炼身体了。"

没等司机说话，老刘就把电话挂了。

老刘赶在其他人上班前到了单位，打开办公室，放下公文包，绾起袖子就拿起拖把，去卫生间浸了水，弯腰拖地。自己办公室拖完了，又去拖走廊，直拖得一身大汗。这时，司机和其他人都陆续赶来了。通讯员小马吓了一跳，一溜小跑来到老刘身边，伸手就要抢拖把。老刘笑着摆摆手："不用不用，就要拖完了。"

"这怎么行，刘书记，您怎么能干这种活儿呢，还是我来。"

其他人也都过来争抢拖把。老刘很坚决，边拖边说："你们去忙吧，没关系，拖地的感觉蛮好的嘛。"

大家都愣着，相互交换着眼色，直到老刘把地拖完，才小心翼翼地进了各人的办公室。

老刘用湿毛巾擦了把汗，痛快地活动了下腰，刚在办公桌前坐下，司机就敲门进来了。

"刘书记，我哪点做得不对，请您批评，我一定改正。"司机恭恭敬敬地站在一旁，像个做错了事的孩子。

老刘有点莫名其妙："你没有什么错啊，怎么这样说？"

"不，您不坐车，一定是我做得不好。"

老刘笑了："嗨，我不是说了嘛，锻炼身体。整天坐车，腿都软了。好了，有事我叫你。"

司机犹犹豫豫地出去了。

接着，小马进来了。

"刘书记，您对我的工作有什么看法，尽管提出来。"

"你做得很好啊，踏实敬业，我很满意。"

"可是……"

"别多想，好好工作吧。"

小马刚走，吕科长来了。

然后是冯科长、赵主任、方科长……

老刘耐心地给他们一一做了解释，末了长舒一口气，心想，自己要适应以后的生活，同志们对他的转变也要有个适应过程啊。

第二天，老刘照样起了个大早，可一出家门，就看到司机开车在等他。他有点不高兴："不是说过了吗？不要来接我了！"

"刘书记，我的工作就是为您开车啊。"司机一脸为难。

"没有特殊事情，我就不坐车了，给我个散步的自由吧。"老刘说得很诚恳。

司机无奈地上了车，却并未快速开走，而是尾随着老刘。老刘摇摇头，随他吧。

到了单位，大家竟提前到齐了。小马正在拖走廊，其他人也都在打扫科室卫生。老刘快步来到小马身边，不由分说攮住拖把："小马，让我来。"

"不，今天说什么也不能让刘书记您动手了！"

"嗨，我也有劳动的权利啊，给我。"

79

老刘以命令的口气夺过了拖把，热火朝天地干起来。小马呆呆地站着，表情比哭还难看。

这样持续了一段日子，老刘倒是找到做百姓的感觉了，可是，其他同志却诚惶诚恐的，见了他，眼神都躲躲闪闪的，好像生怕给他攥住什么把柄似的。平日里找他汇报工作、探讨问题的人也对他敬而远之了。司机更是谨小慎微，紧张得好像不会开车了，有次送老刘开会，竟险些和前面一辆大货车追尾……

这天，一把手高书记语重心长地找老刘谈话。

"老刘啊，你是大家敬重的老同志，为党工作了大半辈子，可谓劳苦功高啊。虽说快到站了，可你的威信不减哪。心里要有什么解不开的疙瘩，尽管提出来，我们一定解决。我哪点要是考虑不周，你也不要闷在肚子里，咱可是多年的老伙计了，是不是？不管怎样，作为一个老领导，还是要发扬传统，做好表率，让大家工作愉快，不能把个人的情绪带到工作中来。你说对吗，老刘？"

"高书记，我……"老刘想申辩，却又什么都说不出来了。

晚上，老刘失眠了。

第二天，老刘按部就班地上了司机的车，而后坐在办公室，接过秘书沏好的茶，例行公事地翻了翻报纸，表情恢复了从前的严肃和庄重……

大家的脸上出现了难得的微笑，私下里说："还是高书记会做思想工作，这下好了，刘书记正常了，万岁！"

回 家

冬风很烈，像刀子，把城市切碎。

老人茫然地在街上溜达。在一个馄饨店门前，老人看到了那个小乞丐。老人就怔了一下。小乞丐像他小时候的儿子。老人看着小乞丐枯缩在寒风里的样子，想，这孩子一定饿坏了。

老人就拉着小乞丐的手，说："孩子，跟爷爷走。"

小乞丐跟着老人回家。老人的家很气派，但空落落的。老人给小乞丐下了碗面，打了两个荷包蛋，看小乞丐狼吞虎咽地吃，老人就有些痴迷，心里慢慢涌上了幸福的滋味。老人已很久没见到儿子了，就连前些日子生病，儿子也没回来。老人很郁闷，他有好多话要对儿子讲，可他只能闷在心里。

小乞丐吃完了，老人就问他的身世。小乞丐话没出口，泪先落下了。小乞丐是来找父亲的。小乞丐的父亲叫赵大强，到矿上打工，再也没回来。小乞丐的母亲去找了几次，音讯杳然。母亲就绝望了。在一个落雨的晚上，母亲在观音像前永远地走了。母亲走了还跪着，双手合十，掰都掰不开。母亲只留下了一句话："孩子，你要把爸爸找回来。"

老人叹了口气，问："你打听到父亲的下落了吗?"

小乞丐摇摇头。母亲死后，好心的村人给小乞丐凑了些盘缠，小乞丐就一路打听着到了矿上。可小乞丐同样没有得到父亲的消息。小乞丐找到了矿长，矿长很横，说我们这儿没这个人，就把小乞丐撵走了。小乞丐整天在矿上游荡，钱也花完了。后来，几个人不由分说地把他打了一顿，威胁道："再让我们看见你，

81

就要你的小命！"小乞丐带着伤，跌跌撞撞地流落到了这个城市，沿街乞讨……

老人又叹了口气，拍了拍小乞丐瘦削的肩，说："孩子，你怎么不回家呢？"

小乞丐哽咽着："我听说，矿长的老家在这里。我一定要找到爸爸……"

"你知道矿长的名字吗？"

"知道，他姓韩，叫韩金山。"

"韩……？"老人全身一颤，颓然地靠在了沙发上。

第二天，老人带了小乞丐去车站。老人说："孩子，我带你去找爸爸。"下雪了，到处都白茫茫的。老人的脚步很沉重，却坚实。

矿区到了，老人先找了一家旅馆，安顿小乞丐住下来。小乞丐站着，两手绞在一起，不说话，但那眼神，老人是读得懂的。老人说："放心，爷爷一定为你找到爸爸。"

小乞丐突然跪下了。

老人吃了一惊，他没想到小乞丐会下跪。这一跪，让老人的心沉得要命，像压了一座山。老人什么也没说出来，摸摸小乞丐的头，转身出了门。

老人破门而入的时候，韩金山正醉醺醺地在沙发上躺着。韩金山愕然了片刻，说："爸，你怎么来了？"

老人沉着脸："我来就一件事，向你要一个人。"

"谁？"

"赵大强。"

韩金山踱了两圈，猛抽几口烟，烟雾把他的脸罩了起来。老人的目光跟着他，心在发紧。他预感到了什么。事实上，从小乞丐讲出身世后，他就预感到了什么，但他不愿承认。韩金山坐了下来，脸和老人凑得很近，压低声说："爸，这事我给你交底吧，井下塌方，那个人早死了。"

老人两腮微微抽搐着："那……尸体呢？"

"埋了。偷偷埋了。"韩金山表情严肃，"爸，你掂量掂量，哪轻哪重？这事你就别插手了。"

老人全身都在发抖，半晌说不出话。末了，他扬起手，对准韩金山的脸，狠狠地劈了下去。"一条人命啊！"老人喑哑地说。老人夺门而去。细碎的雪花又飘了起来，在晦暗的天色里，四野一片刺眼的白。远处的矸石山耸立着，像一座巨大的坟。赵大强就在那座坟下，不，或许还有人，包括他的儿子。他们都埋在那里，有的在哭，有的在笑。

老人跟跄地走着，不知何时，脸上已布满了纵横的泪水。

三天三夜，老人一眼也没眨，年少时的儿子总在他眼前晃。是春天吧，阳光好极了，天蓝得透亮，他和儿子去野外放风筝。儿子托着风筝，他握线板，跑出一段距离，对儿子喊："放喽!"儿子抛出风筝，他拉着线，继续跑动。风筝借着风势飞起来了，像一只云雀，忽忽悠悠地往云彩里钻。儿子拍着小手，跳着，叫着，胸前佩戴的福娃上下舞动……

第四天，老人去了公安局。

……

赵大强的尸骨被运回了山村老家，下葬时，老人跪下了。老人烧了很多纸钱。燃烧的纸钱在风中飞得纷纷扬扬，像一只只黑色的蝴蝶。烧完了，老人磕了个头。这是他一辈子磕的第二次头。头一次，是父亲去世时磕的。老人站了起来，然后，拉起小乞丐："孩子，跟爷爷回家。"

小乞丐回头望着村庄。村庄残破地卧在雪中，像一匹病马。这是他的家，可现在，他的父母都睡在了地下，他没有家了。小乞丐又看着老人，老人眼睛里的慈爱，让他感到好温暖。

小乞丐默默地跟着老人走。山道上，老人突然从口袋里掏出一个布包，红色的绒面，里三层外三层，裹得很严。小乞丐看着，不知道那里面是什么。老人说："爷爷送你样东西。"说着，把布包一层层打开，末了，现出一个银色的胖娃娃，用红线系着。老人把它戴在小乞丐的脖子上，胖娃娃垂挂胸前。小乞丐双手捧着它，仔细地看。老人的眼里有了泪，那正是儿子小时候戴过的福娃，几十年了，依然光亮如新。福娃映着雪光，笑得幸福而天真……

极端抗拒

皮包骨头的瘦长脸，大熊猫似的黑眼圈，突兀而立的尖耳朵，稀稀疏疏的山羊胡——这副样子够吓人的吧？告诉你，这就是我。

同事说，哥们儿，是不是病了？

我摇摇头。

同事说，我知道你小子怀才不遇，不过也别为这个想不开嘛，不得志的人又不是你一个，犯不着把自己糟蹋成头病驴呀。

我笑而不答。

只有我心里清楚，我没病。我付出了几十斤肉的代价必会带来超值的回报。这里面有一个天大的秘密。

自从十年前我作为一个名牌大学计算机系的高才生毕业而被重侫远贤的上司冷落，同时又被尔虞我诈的小人背后砸了黑砖捅了刀子，我便发誓研究一种高智能的"超人"来帮我实现鸿鹄之愿。

我的实验室设在一个鬼也找不到的地方。我给行将完成的"超人"取名"胜鬼神"。

谢天谢地，苍天不负十年功，我的"胜鬼神"终于"活"了！

那一刻，我激动得热泪横流。

"胜鬼神"说，您好，主人。

我紧紧地握着他的手，你好，我的兄弟！

"胜鬼神"说，谢谢您，主人，是您给了我一副侠肝义胆，给了我一双火眼金睛，让我生来就嫉恶如仇。我愿用一腔碧血荡涤出一个清白公正的世界。

我连连点头，好！

那么，现在，我该做什么？

首先，请你搜集证据，把我那个贪赃枉法、打击人才的混账上司送进监狱。

这不成问题，主人。

然后呢，让那些狼心狗肺的小人聪明反被聪明误，搬起石头砸自己的脚。

一定办到。

我满意地拍拍"胜鬼神"的肩，踌躇满志地说，接下来嘛，英雄有用武之地，你想办法让我坐到上司的位置上去。

这应该是情理之中的事，"胜鬼神"说，我会动用舆论的力量。

你能保证万无一失吗？

是的，我保证。

太好了！

我志得意满地点了支烟，幻想着做上司的美妙感觉，一时竟有些热血沸腾。

但是，我很快思考到了更为久远的问题。

你能对我永远忠诚吗？

毫无疑问，因为您是一个正直而博学的人。

永远保守机密，不出卖我？

是的。

能发誓吗？

我发誓。

我抱起亲爱的"胜鬼神"，欣慰地吻着他的面颊。

你知道，做上司没那么容易，我娓娓而谈，需要左右逢源。你得时刻替我维持好方方面面的关系。

哦……

我需要一帮拥护我的心腹，你要让我看清自己人和对立面。

噢……

在我打击异己的时候，你必须出奇制胜，给对方以致命一击。而且，让他蒙在鼓里，挨了刀子还得感谢我。

喔……

此外嘛……我深谋远虑地说，人非圣贤，孰能免俗？日子久了，这钱啊、色啊什么的，少不了要染指一二，你要自始至终为我保驾护航，不让别人发现一丝蛛丝马迹。

正当我口若悬河之时，没想到"胜鬼神"突然义愤填膺，拍案而起：

行了，你这个卑鄙的家伙！你不仅欺骗了我的良知，而且玷污了我的纯洁。我不会为你这个凶险的阴谋家卖命！

我始料不及，吼道，要知道，你是我发明的，你只能服从于我。

不！"胜鬼神"斩钉截铁地说，如果我无力与人类的卑劣较量，那么，我只有选择死亡。无论如何，我都不会成为无耻者的傀儡和爪牙！

话音刚落，"胜鬼神"就自毁电路，化为了一堆废品。

我瘫倒在地。

狼人日记

一、事故

一个人从 24 层的高楼上飞下来，像一只黑色大鸟……

街头，溅起一片殷红。

二、日记

1. 今天早晨的感觉很糟糕。梳洗时，我被镜子里的那个家伙吓了一跳。我不知道那是谁，眼睛射出冷厉的绿光，牙齿又尖又长，像两排锥子。我盯着他，他逼视着我。我向身后看看，没人，转过头，他依然和我冷眼相对。后来我惊觉，这个家伙就是我，因为他的嘴里叼着和我一样的牙刷，一团白色泡沫在嘴角滑动着。为了确认这个恐怖的发现，我认真地打量了一下我鼻翼左侧的那颗痣，没错，分毫不差……

天，我何时变出了一张狼脸！

我狠狠地洗脸，使劲拍打着五官，我想找回我原来的脸。但我终于明白，这是徒劳的。我瘫坐在地，这时，黑衣人出现了。他站在高处，戴着墨镜，有种慑人的威严。我问，你是谁？他笑了，说，我是你的神。我说，我怎么成了这个样子？他说，这就对了，你就该是一个狼人。我说，不，我是人！他摆摆手，别自欺欺人了，好好做狼吧。说完，他就消失了。

2. 我发现我越来越充满兽性。那纯粹是狼性使然。晚上，有一个人来找我。我没能自持多久，就现出狼性，照准他身上最肥的那个部位，一口咬了下去，油

87

顺着嘴角往下淅沥直淌。这人走后，我愧悔不已。

黑衣人闪身而出，拍拍我的肩，用赞扬的语气说，你下口够狠的，我很满意。我把满口的肥肉吐出来，黑衣人轻轻一下就吞进了腹中。我嘴里只剩下些骨头的残渣，有滋没味地嚼着。

我说，我不愿吃人，我要做噩梦的。黑衣人说，别急，等你再见到那个人时，你就会心安理得。我懵懂，为什么？黑衣人说，因为他也变成了狼人。

3. 黑衣人说得不错。昨夜已经很晚了，门铃响了起来。我不耐烦地打开门，正是被我咬了一口的那个家伙，脸真的变成了狼脸。而那个最肥的部位，比先前还要肥。他不是一个人来的，他身后还带着一个妖艳的女孩。他说，这是我孝敬你的。我皱起眉，说，少来这套！可那个女孩朝我抛了一个媚笑，我全身的骨头立马都酥了。那个家伙很识时务地离开了，我再也无法自控，狼形毕露，张开双蹄朝女孩扑了过去……

事后，我沉沉睡去。黑衣人拍拍我的脸，说，你犯了个大错误。我睡眼惺忪地看着他，问，什么错误？他说，这么靓的宝贝，应该先孝敬我。我说哦，然后就又睡过去了。

4. 我习惯了这种状况。我发现，做狼的感觉其实很爽，比做人强多了。今晨，我半梦半醒中忽然若有所悟：我们人吃苦受劳的，莫非就是为了有一天进化为狼？这么说，狼是人类的未来呀……

我很喜欢镜子里的这张脸，如此的有威慑力，让人望而生畏。我用最好的牙膏和牙刷来打磨那些尖利的长牙，使它们永远泛出森森白光，晃都要晃瞎人的眼……

5. 最近我老做噩梦，梦见一把大铡刀，就是戏剧上黑脸包拯用的狗头铡，生生地切断我的脖子……

我问黑衣人，怎么回事？黑衣人冷着脸，说，那是你心里有鬼。我说，我没鬼。他说，你可能不觉得，你现在的脸已经是鬼脸了。我奔到镜子前，真的发现那张狼脸变成了鬼脸，眼里旋着两团死气。我大惊失色，这到底是怎么回事？黑衣人冷笑一下，没回答。

我听到了打鬼的声音。那声音来自四面八方，如涨潮的洪水，令人胆寒。我分辨出那声音里有不少狼人，他们嗥叫着，把血渍未干的长牙装在皮鞘内，举着大刀，十分严肃地打鬼。我完了，我四面楚歌，无路可逃……

我恳求黑衣人，救救我吧？黑衣人面无表情，微微地摇了摇头。我说，看在我孝敬您这么久的份儿上，您就伸伸手吧。黑衣人扶了扶墨镜，说，你必须死。我歇斯底里地问，为什么？他说，鬼若不除，神岂可安？

我无话可说。我只有悲愤。一切都是黑衣人造成的，而现在，他却抽身事外，弃我如草芥。我要报复。我知道他就在那栋楼的最高处，我一定要找到他，让他还回我的人脸，还回我的从前……

三、内参

原巫明市副市长孟一行涉嫌重大经济问题畏罪自杀……

入 党

那阵子，我家真可谓祸不单行，父亲因车祸猝然辞世；母亲常年拖着病体，每月只有 300 元的退休金。我大专毕业，没有找到合适的工作，整天愁眉不展，与母亲相依为命。

"总得找个事做啊！"母亲说。母亲的眼神里，罩着两朵重重的云。

我不说话，没有人知道我的心里有多么不平衡。我的几个同学，成绩并不如我，却进了不错的单位。还有一个没文凭的，也顺利地进了某个局委，给领导开车，派头跟领导差不多一般大了。有什么办法呢？他们有关系，有靠山，而我却举目无依。

这世道不公平，我恨那些当官的，以权谋私，我甚至怀疑党……

一天，家里来了位客人，居委会的主任陪着。我从外面回来，看到客人正和母亲拉家常。客人很亲切，五十多岁的样子，我以为是母亲的什么故人。经介绍才知道，客人是一个处级领导，姓吴，他是来搞"一帮一"活动的。

我马上没了好感，什么"一帮一"，不过是走个过场罢了。前年也来过一个，在帮教协议上签过字后，就再也没见过他的影子。

我说："协议呢？签字吧。"

客人只笑，慢悠悠地把协议拿出来。我签了字，便不理他们了。

客人又聊了会儿，饮食起居什么都谈，很琐碎。临走时，客人拿出 300 元钱说："老大姐，我比你宽裕点，这 300 块钱，留着买药。"

300 元，是母亲一个月的收入，是我们娘儿俩一个月的生活费啊。我从里屋走出来，不管怎么说，我还是感激的。我给客人鞠了一躬，客人拍拍我的肩就走了。

我想，客人不会再来了。我和母亲已经很知足了。但是我错了，客人第三天就来了，还带了些鸡、鱼。客人对母亲说："老大姐，今天中午我就在这儿搭伙了。"

客人亲自下厨，母亲拦都拦不住。我给客人打下手，瞧他在灶台前不亦乐乎的样子，我想他真的跟那些当官的不一样。

这顿饭吃得格外香。母亲扳着指头过日子，常年不见荤腥。客人不停地给母亲和我夹菜，看着我们不好意思又忍不住的馋相，客人的眼圈突然红了。

"老大姐，你们生活得这么艰难，我心里有愧。"客人说。

母亲摇摇头："大兄弟，你是个好人，这咋能怪你呢？"

"是我们工作没做好，我心里真不是滋味。"

"吴叔叔，"我说，我根本没有多想，"吴叔叔"就这样脱口而出了，"是那些腐败干部工作没做好，跟您没关系。"

吴叔叔看着我，很严峻的神色。半晌，他才说："小光，你信任党吗？"

我很迷茫，停顿良久才说："我信任您。"

吴叔叔动情地说："记住，咱共产党，永远是老百姓的党！"

三个月后，我开了一家电器修配店，我有这个一技之长。吴叔叔说："世界这么大，哪里会没有你的位置？年轻人要敢闯，靠谁都不如靠自己。"我点点头。那资金是吴叔叔筹借的，一段日子下来，生意便渐渐有了起色。

吴叔叔很欣慰，那天，他到我的店里，笑得很开心。吴叔叔说："好啊，你站住脚了，我就放心了。往后，我来得就少了。"

"为什么？"

"因为还有别人需要我帮助啊。"吴叔叔语重心长，"有什么难处，尽管找我。"我重重地点点头。

两年过去了，我已经是一个成功的电器经营商了。秋天的时候，我给吴叔叔打电话，我说："吴叔叔，我要告诉你一个好消息。"

"什么消息，快让叔叔分享。"

"我……我入党了！"

吴叔叔看不到，我的眼中已盈满泪水。

鼓　掌

侯局长爱听掌声，单位里尽人皆知。

王柳絮最善鼓掌，单位里无人不晓。

侯局长讲话，抑扬顿挫，铿锵有力，节奏感极强，每每三五句，便以高八度的亮嗓来一次高潮，台下掌声雷动。这时只要你稍稍留意一下，就会发现有个人的巴掌拍得特别响，若雷鸣云端，似幽谷爆破，功底深厚，"出手不凡"。此人正是人事科长王柳絮。

掌声越响，侯局长的劲头越足。

侯局长的劲头越足，王柳絮的巴掌越响。

私下里，二人被大家戏称"猴王"。

此雅号侯局长当然不知，而王柳絮是心知肚明。想他当年以合同工起家，靠拍巴掌一步步走到今天，殊非易事。这巴掌可有讲究，摸不着窍门硬拍，轻则皮热肉痛，重则两手红肿。这苦头王柳絮不是没吃过，也不是只吃了一朝一夕。有道是世上无难事，只要肯登攀。王柳絮脑瓜不笨，横下心来刻苦钻研，冬练三九，夏练三伏，手上练掉了多少层皮不知道，功夫不负苦心人，王柳絮的"震耳欲聋掌"终于脱颖而出，一下子吸引了领导们的耳朵和眼光……

有人讨教鼓掌秘诀，王柳絮两手一摊，唯有感慨：

"冰冻三尺非一日之寒哪……"

讨教者不依，非要其"面授技艺"不可。王柳絮先是苦笑，之后便换上一副哲学家的嘴脸：

"哎，道可道，非常道，全在一个'悟'字上。"

"鼓掌半分钟，台下十三功啊……"

见讨教者仍不买账，只得进一步耐心解释：

"这鼓掌绝非听响那么简单，得鼓出人气，鼓出高度，鼓出感情，鼓出心性。是赞同不鼓成感动，是感动不鼓成高兴……最要命的是，把喝彩鼓成倒彩，把激动鼓成盲动，那可就聪明反被聪明误，偷鸡不成蚀把米了！"

讨教者给说得大眼瞪小眼，怎么也没料到两只巴掌能拍出如此深奥的道理来！心急吃不了热锅粥，还是回家慢慢琢磨去吧。

王柳絮淡淡一笑，暗暗给自己鼓了几下掌。

本来以侯局长对王柳絮的赏识，王柳絮晋升"副局"是指日可待之事。奈何黄泉路上无老少，阎王索命不讲情。好好的，王柳絮"嘎嘣"一下死了，死还死得是地方，正死在会议室内，给侯局长鼓掌最是热烈之时……

侯局长大悲，仿佛失去了半边天。

告别大厅里，哀乐低回，场面肃穆。侯局长亲自致悼词。悼词写得雄浑悲壮，"气壮山河"。侯局长清清嗓儿，习惯性地在悼词里不时地寻找着停顿，然而每次停顿换来的都是难耐的沉默。侯局长忽然有些找不到感觉了，语气失去了顿挫，发声没有了底力，连句子都念不囫囵了……侯局长像是徒步爬了一座高坡，终于捱到顶了，他运足丹田之力，庄重作结：

"王柳絮同志永垂不朽！"

殊料想，话音刚落，掌声就响了起来。那掌声真如平地惊雷般，震得人毛发悚立，心惊胆寒，连整个大厅都在颤抖！侯局长恰似跋涉的人遇到了骆驼，张嘴的地皮逢上了透雨，那个痛快，那个过瘾，那个惊喜呀！……他激动地往人堆里瞄，他要找到这个王柳絮的接班人。但是，他失望了，他从那一张张面面相觑的脸上，看出了惊讶和困惑。

然而，掌声依旧持续着，回荡着。这掌声究竟来自哪里呢？侯局长静静心，侧耳倾听，循声望去，他分明也看到躺在水晶棺里的王柳絮，正起劲儿地拍着巴掌……

腊 梅

飞雪苍茫，一枝梅孤立，花开得高洁。

老何凝视着墙上的《腊梅图》，久久沉默。这是多年的诤友——画家老吴送他的，在一个晚上他被莫名暴打之后。画只寥寥几笔，色调寒而淡远，意境清幽素雅，老何极是珍爱。每日无事，观一阵画，品一杯茗，几乎成了他生活的一部分，不可或缺。

不过别误会，老何不是文人雅士，而是一名纪检干部。

此时，窗外北风凛冽。

老何的手机响了，接过电话，老何便裹上大衣出了门。风很硬，扎痛了老何的脸。

北斗公司的方总已在星级酒店设宴恭候。见老何携风而至，急趋前相迎。

"不好意思，让方总久等了。"老何落落大方。

"哪里话，何兄赏脸，荣幸之至啊。"

入席，众星捧月。老何不拘谨，款款而坐。觥筹交错，寒暄恭维，老何很快便有了酒意。

"方总，放心，有我在，保你太平无事。"老何拍胸。

"难得何兄爽快，日后咱们就是亲同手足的兄弟了。"方总冲秘书丢个眼色，旋即，一双玉手便捧过一块锃光耀眼的手表——劳力士，正牌，价值不菲。

"这……无功岂敢受禄？"老何的眼给表镀得雪亮。

"屈屈薄礼，不成敬意，万望笑纳。"方总劝得诚恳。

老何半推半就："那……只好恭敬不如从命了。"

酒酣，耳热，老何醉歪歪站起。方总附耳："房间已给何兄开好了，找个小姐，轻松轻松。"

老何亦附耳："不瞒老弟，我是心有余而力不足，五年前就没那个能力了。"

两人同笑。老何踉跄而出，方总执意用车送他，老何坚拒，叫一辆的士，驰入夜色。

星园小区，老何叫停，下了车，便俯身狂吐。老何胃不好，是不宜饮酒的。腹中物吐干净了，老何抹抹脸，深一脚浅一脚，步入一个楼洞。

开门，是老吴。老吴见了面前这个醉人，"砰"地又把门关上。

老何又敲，使劲敲，还喊："我是老何，我是老何……"老吴终于把门打开，用身体挡着，冷冷地说："我知道你是老何，但这里不是你来的地方。"老何木然。"我真后悔，把《腊梅图》送给你。什么腊梅？发霉！"一声猛烈的撞击声，门重重地摔上。

下楼，楼梯在眼前旋转。走到外面，风更利了，如刀，似箭，还夹着零星的雪花。

"风雪才好话梅啊。"老何心里说。

与老吴生分多时了，老何不能不心痛。多年至交成陌路，天大的憾事。自从自己一改洁身自好、铁面无私的面孔，与北斗公司交往频仍，老吴便决然地疏离了他……

无奈。长街空空，风雪夜归。

两个月后，方总以严重偷漏税款和走私被送上法庭，同案还牵连出了一批受贿官员。

老何执一壶清茗，静观雪中寒梅。

有客来访，是老吴。老何惊讶地看到，老吴手捧一枝梅。那不是画中之梅，而是一株真真实实的腊梅。

花开得正艳。

角 色

这一带的景色在全国出了名，尤其到了我们村，满地乱跑的猴子会让你喜不自禁。我就是这"猴乡"里的一个摄影师，靠着照相机发了笔小小的猴财。

这天，来了拨西装革履的人，一看就很有脸面。他们要在我这儿集体留个影。

我给他们每人准备一把椅子，当然少不了每人一只猴子，姿势由他们选。"西装"们先是让猴子站在肩上，但很快否定了；然后又有人把猴子抱在怀里，也遭到一致反对……不过时间不长，他们就达成了共识。

我按下快门，照片从相机下端吐了出来。"西装"们拿过照片欣赏，他们看到几个很有脸面的人，端坐在椅子上，前面匍匐着一排战战兢兢的猴子……

"西装"们很满意，昂首阔步地走了。

不多久，又来了一拨人，抽着劣质纸烟，绾着皱巴巴的裤腿，一看就是群外地民工。

他们围着猴子转了半天，终于决定"集资"留一张影。

同样，我给他们每人一把椅子和一只猴子，姿势由他们定。他们和"西装"们差不多，或让猴子站在肩上，或把猴子抱在怀里，但都觉得别扭……终于，他们找到了最完美的姿势。

我把照片递给他们，他们争抢着，笑得前仰后合——照片上，几只猴子神气地端坐在椅子上，前面，蹲着一排怯生生的民工……

老远，我还听到他们开心的笑声。

笛声悠悠

到派出所工作不久，建就注意到了那个怪人。那是个五十岁上下的男人，高大，健壮，肤色黑里透红，乍看上去十分威武。然而走近打量，男人四方脸膛上的那双眼睛却是呆滞的，茫然的，似乎在追忆着什么，又似乎在寻找着什么。这个怪人每天都会出现在派出所的大院里，呆呆地站着，风雨无阻，雷打不动，然后在傍晚的某个时刻悄然离去。

同事们对他的存在似乎习以为常。

建就狐疑地问同事，那是个什么人呢？

同事说，那是他们的老侦察员，叫赵虎。在过去的岁月里，"赵虎"是一个让劫匪窃贼流氓无赖闻风丧胆的名字，他们送了他一个绰号："赵克星"。然而，一年前，赵虎在执行一次抓捕任务中，被歹徒开枪击中头部，从此失忆。但派出所或许已深深烙印在了他的生命里，他被一种看不见的力量牵引着，每天都会来到这里……

建不语。建凝神望着院里的赵虎，目光给一团雾气打湿了。

有一天，闲暇时建不由自主地取出一管竹笛，放在唇边。建在警校时善吹竹笛，笛声婉转悠扬，如歌如诉。建调节一下气息，悦耳的笛声便轻轻扬扬地滑出了。

建就是在那一刻注意到了赵虎的微妙变化的。建看到赵虎的头微微地侧过来，眼睛里泛出了一种异样的光彩……建的笛声就颤了一下，赵虎的双眉也跟着轻轻地跳了一下。

97

建明白，赵虎是听得懂笛声的。在他心灵的深处，一定有许多鸟儿一样的音符栖落在他生命的枝丫上。

同事很惊讶，说："建，没想到你还有这手绝活。"

建笑笑。建转而问："赵虎以前是不是也喜欢吹笛子？"

同事点点头："这个老赵，笛子吹得好着呢。"

建说："他从哪儿学的？"

同事说，老赵年轻时当兵，在边陲哨所，只有他和另外一个老兵两人。大山寂寞，他们全靠笛声调节心情。这笛子，就是老兵教给他的。后来，老兵因公殉职，老赵守着他，给他吹了三天三夜笛子……

建默然，喉头涌动着一股热热的东西。

此后，建有空就吹笛子，从室内到室外，后来，就站在赵虎的面前吹。如烟似雨、若云若絮的笛声里，赵虎的表情越来越丰富，越来越生动。终有一天，建把竹笛递给了赵虎，赵虎笨拙地捧到唇边，良久，就有了时断时续、不成曲调的笛声在阳光中飘飘荡荡。

建的泪水潸然而下。

这年秋天，建受命抓捕一个持枪抢劫杀人团伙。行动中，建冲在最前面，丧心病狂的歹徒负隅顽抗，罪恶的子弹射进了建的胸膛……

追悼会上，没有哀乐，只有如泣如诉、或疾或缓、时而激越时而低回的笛声。

吹笛的，是赵虎。

变 迁

那一年，家乡遭灾，身为孤儿的我，只好四处流浪。

在一个遥远的城市，我终于精疲力竭，疾病也开始侵蚀我衰弱的肌体。当我的视线像即将燃尽的灯盏，变得模糊而暗淡时，我无望地哀叹一声，倒卧在路旁。

但是，奇迹发生了——我的恩人穆思乡先生恰到好处地出现了。

穆思乡先生是我同乡，只是十几年前就打拼至此，有几爿店铺，日子过得不算阔绰，但也堪称殷实。我在穆先生安排的一间堆杂物的小屋里静养了几天，肩臂上便很快有了力气。

"您是我的大恩人呢……"我泣泪致谢。

穆思乡站在距我两米开外的地方，神情严肃，说：

"人活于世，哪有见死不救的道理？况且，你又是我的老乡。"

穆先生的言谈举止，愈加使我敬畏不已。

少顷，穆思乡问：

"身体恢复得怎样了？"

"差不多了。"

"哦，"穆思乡点点头，"不是我赶你，呆在我处绝非长远，这么着，我让伙计帮你在市郊租个住处，再给你半个月的饭钱，你寻思能找个什么活路，比如捡破烂什么的……"

说完，穆先生就走了。须臾，一个小伙计领我离去。

自此，我许久未见穆思乡。我捡了一段破烂，后发现本地鼠患日盛，便改行卖起了耗子药，游街串巷，打着竹板，扁担两端挂着一大串肥嘟嘟的死耗子……

渐渐地，我亦小有积蓄。

逢年，便想置些礼品，去穆家道个谢意，也好叙一番乡情。

然而，穆思乡把我堵在了外面。我想留下礼品，他也坚拒。

"有活路就好，"穆思乡说，"日后各有琐事家务，不必多礼，回去忙吧。"

不容多说，穆先生扬长而去。

好一个施恩不图回报的穆先生呢。

天有不测风云。这年，穆家祸从天降，一场大火将家财洗劫一空。

穆先生想东山再起，但何其难也。落难至此，不少故友就疏远了。穆先生借钱，多数落空。我一咬牙，把这些年辛苦攒下的不菲财产尽数取出，送往穆家。但穆思乡似乎收得很不情愿，嘴上也没什么话。待我步出屋门时，送我的伙计对我耳语：

"您送钱的事，请勿向外人宣扬……"

我无言，心中多少有些困惑：此语何意？

果然，数年之中，重获丰裕的穆先生从未对人提起这档子事，只暗中把那笔钱还了，外加两个字：谢谢。

我依旧卖我的耗子药。

也该我鸿运高照，这年，一个一见如故的阔商与我合资建立了一个集团公司，规模宏大，声震方圆。我也名车宝马，扬眉吐气，富甲一方。

未想，穆先生突然下帖子亲自请我赴宴。

我爽然以应。

宴会极为丰盛。穆先生把该叫来的体面人物几乎一网打尽，觥筹交错间，穆思乡慷慨陈词：

"诸位，高总可是我重起炉灶的大恩人呢！可记得数年前寒宅失火……"

我想说什么，但被一片赞美的声浪淹没了。

"也许你们还不知道，"穆思乡竟激动地揽住了我的腰，亲如兄弟，"我们是同山同水的同乡呢！"

我笑了，意味深长地拍了拍穆思乡的肩……

天 职

看到那些鼠头鼠脑的家伙时，我就有一种与生俱来的愤怒。我挥着锐利如剑的爪子，大喝一声向它们扑去。但是梁先生的绳子套牢了我的脖子，使我在猛勒之下的疼痛中功亏一篑——这帮狡黠而猥琐的家伙趁势落荒而逃。

我困惑地看着梁先生。

"宝贝，我养你是做我的宠物，而不是捉耗子。"说话的是梁夫人，一个足足小梁先生二十岁的如花似玉的女人。她竟躲在梁先生的身后，这使我始料不及。看来，勒在我脖子上的绳子，其实是操纵在梁夫人的手里。

"可是……"我想辩解。

"小傻瓜。"梁夫人娇嗔地点了点我的脑袋，轻轻地抱起了我，为我理着身上的毛发。我的怒气在她的纤手下一缕一缕散尽。我眯起眼，静静地感受着她怀中的馨香、酥软和温暖。

我就这样打了一个盹，醒来时，我感到饿了。

梁夫人特别地善解人意，变戏法似的为我备好了美食——长江里的一种鱼，前几天从新闻联播中听说，这种鱼都快绝迹了，千把块钱一斤，而我居然可以足不出户，大而啖之。

我感激地看了梁夫人一眼。我触摸到了梁夫人眸中那汪柔柔的水。她真的爱我。

我第一次感到幸运了。我的父辈刚刚教会我一个叫做什么"之剑"的词，我们一家就在宠物市场上"家破人散"了。现在，我的亲人，它们可好？

梁先生有夜间外出的习惯，这便把许多的孤寂丢给了梁夫人。我的主要职责是陪梁夫人散步，还有就是在她的挑逗下蹦跳戏耍，这会让梁夫人十分开心。再有呢，就是陪她睡觉了。

经常地，在梁夫人轻微的鼻息里，那帮来路不明的家伙会三三两两地溜进来，贪婪地嗅来嗅去。——的确，梁家的好东西太多了，怕是这帮鼠辈此生享用不尽的。但我不允许，我假寐而偷窥之，然后以迅雷不及掩耳之势，冲下席梦思——我忘记了那根绳子，那根绳子的另一端就系在床腿上——结果，我当然还是忍着颈痛望鼠兴叹。

"宝贝，你要洁身自好，可别脏了自己啊。"梁夫人搂着我，喃喃如呓语。

我心中蓦地战栗了一下。"洁身自好"，这话说得真好，我岂可食鼠而秽及自身？

渐而，我对鼠视若无睹了。

渐而，这群野鼠定居于此，饱暖而淫逸，家族不断壮大。

梁先生归来，有时也看它不过，便放鼠夹以除之。偶有贪嘴者上当毙命，余则引以为训，退避三舍了。

始终没我的用场。

我习惯了。

适应而致坦然，坦然而为境界，有境界则可体味幸福。生于梁家，更得美艳夫人呵护，锦衣玉食，何由不快？

日子越来越久，平静如水。有一天，梁夫人忽然拿出了一摞存折，一张张翻看，我在一边好奇地打量。每张上都有一个很大的数字，这些很大的数字堆起来，是一个更大的数字。我算不过来。梁夫人惨淡地笑了，说："这些都是我的啊。"话落，两颗泪从她的眼里滑下来了。

梁夫人不快活。我看出来了。我不解。

就在第二天，梁夫人和梁先生发生了有史以来最大的一次争吵。梁夫人老重复着一句话："那个小婊子"，梁先生则冷冷地说："你该知足了。老子养你，不是让你盯梢添乱胡搅蛮缠的，你不过就是个老子的宠物！"后来，梁先生扬长而去，梁夫人抱头痛哭。我伏在梁夫人腿边，想安慰她一下，但她悲痛欲绝。末了，她擦干泪，甩甩长发，咬着牙，一张脸煞白，样子很可怕。她抱起我，一字一顿地说：

"看吧，我要告倒这个衣冠禽兽！"

我全身发抖。我预感到要有大事情了。那一刻，我突然觉得我的命运正在一根游丝上荡着秋千。

很快，梁先生入狱了。梁夫人也入狱了。我一个人呆在这座豪华的大房子里。房门上都贴了封条，不久它就要被拍卖了。我感到孤独，恐惧。我和老鼠们共同吃着冰箱里的余餐。吃饱了，便一个人蜷在床头，追寻着梁夫人从前的温柔和哀怨。

吧嗒，我掉泪了。

可食的东西很快被席卷一空。我饿了。我进梁家以来第一次感到了痛彻骨髓的饥饿。这饥饿压迫着我，撕咬着我，让我坐卧不宁，几欲疯狂。

我又看到那帮贼头贼脑的家伙了。无端地，我的两腮突突地痉挛，一股愤怒冲天而起，好像一柱岩浆，从我生命的底部骤然爆发，不可遏止。坏蛋！我心里骂着。我绷紧了前腿，屏住呼吸，一跃而起……

老鼠们对我的举动显然猝不及防。当鼠血从我的利爪下淅沥而下的时候，其他被吓傻了的老鼠仓皇地叫着：

"这家伙……这家伙一定疯了！"

疯了吗？不，我似乎现在才大梦初醒。当我初涉人世时，我的父辈就曾告诉我：

"孩子，你的利爪就是咱们猫类的正义之剑，举起它铲除硕鼠吧，这是咱们的天职！"

飞 翔

高天，浮云。

天空下，是山村。

此时，孩子怅然立于村头，定定地望天。

天空中，翔游着一群鸟。

孩子望着飞鸟，眼里有泪在旋动。

"伢崽，吃饭了。"村里传来娘忧伤的呼唤。

孩子于是转身，寂寞地踩着小路，回家。

暮风掠过，拂起孩子无力垂挂的两只空袖，晃晃地甩动。

孩子是没有双臂的。

回到家，玉米红薯汤已盛好摆在桌上，袅袅地飘着温热的气息。

娘说："伢崽，以后莫跑远，万一有个磕碰，咋办？"

孩子无话。

娘说："想想那次下雨，你摔在路上，头顶着地，半天爬不起，娘心里……"

娘便默默地拭泪。

爹的脸黑得像那面风雨剥蚀的墙。爹说：

"快吃吧，一个废人，还张狂着跑！"

娘就拿眼睛狠狠地剜爹，说：

"你说甚？"

孩子的泪已爬满了双颊。

孩子不吃饭。

爹说："爱吃不吃，你以为这碗汤是好吃的？是老子汗珠子摔八瓣换来的！"

孩子紧咬着唇。

爹说："你这样早晚要把老子拖累死。我想好了，今后你就跟那个老乞丐学着讨饭吃。"

孩子的牙就嵌进了唇内。

爹说："认命吧！"

孩子的血就从唇上滑下来。

娘的泪便也潸潸地流。流一阵，哽咽着说：

"伢崽，你爹这也是为你找一条活路。"

孩子便进了厢房，再不出门。

翌日，爹唤孩子，不应，便恶恶地骂了声，一寻，竟无孩子的踪影，只有一页纸，上写：

我要飞翔！

孩子是用牙咬着笔写的。

数年后，在一次航模大赛上，有一架模型航天飞机出类拔萃，获得了最高奖。

领奖台上，站着一位没有双臂的孩子。

所有的人都怔住了。

记者说："祝贺你得了最高奖，请你谈谈体会吧。"

孩子的泪珠便夺眶而出，说：

"我要感谢一位山外的叔叔，是他救助了一个残疾儿，一个从小失去双臂的山里孩子。"

记者又问："那么，是什么让你迷恋上了航模并取得了佳绩？"

孩子说："一个梦，一个高远的梦，就在机翅上。"

记者便去看那架模型航天飞机，他们在机翅上看到了四个红色的大字：

我要飞翔！

上山与下山

学生说："走好，老师。"

老师说："无碍。倒是你，好走。"

学生是高才生，当年老师的得意门生。

老师是学术权威，学生一生的骄傲。

山，高峻峭拔，有老藤新蔓苍绿着，野林杂花点缀着，流泉飞瀑润泽着。所以，山是秀气的山。

羊肠小道，崎岖回环。路，难行。

学生已腆起了啤酒肚，福发得厉害，步子重，还一口吞一口地喘。老师瘦削，一如当年，睿智，矍铄。

老师说："累不？累就歇会儿。"

学生说："不累。"脚却迈不动了。

倚石小憩。清风吹来，爽。举目四望，林梢峰巅烟岚袅袅。

学生感慨："时光如梭啊，一晃十余年了。"

老师颔首："白驹过隙，逝者如斯，皆先哲之言。惟今昔有别，物是人非而已。"

学生说："不错，学生自忖未给老师丢脸。"

老师浅笑，没答。

学生是出类拔萃的，先从文，后从政，扶摇直上，而今已是副厅级高干。

学生说："很早就想见见老师，只是政务繁杂，分身无术啊。"不知是解释，还是炫耀。

老师说："我晓得。"

学生便讪讪地，又说："居官不自由啊，况身负要职……"

老师说："奋斗至此，不易。为师者，欣慰于心。"

学生便满足，习惯了严肃的脸，开颜一笑。

又爬山。山势更陡，举步维艰。

老师说："仕途如爬山。"

学生赞同："知我者，尊师也。"

老师说："登高望远，风光无限。感觉不错吧？"

学生又笑，笑出了一脸春风。

说话间，忽至一光秃之处。地上有树桩残留，再有，就是几棵弯曲低矮的老树。

学生说："怎么成这样了呢？当年，这里巨树参天。"

老师微眯双眼："好木皆伐，但余残树。"

学生说："原来如此。"

老师看一眼学生，又看树，悠悠道："故曰：树不成材，可保其身；若为栋梁，常招其祸。"

学生没答。

老师又说："你是栋梁，手下亦多栋梁乎？"

"……"学生有些尴尬。这些年，但凡可威胁其地位者，抑或锋芒毕现者，皆遭"贬戍"，分流而闲置起来。

老师笑："走，快到顶了。"

沉默。风大起来，吹乱了老师的满头银丝。面前一巨石突兀，状若高歌之鸭，这便是峰顶了。山亦因比石得名，唤曰：鸭头山。

学生重又兴奋起来，取了相机，说："老师，留影。"

老师由他拍照。拍完了，老师又给他拍。

学生说："不忙，让我骑到鸭头上，多拍几张。"

老师点头。学生笨拙地爬上去，叉腰，昂首，极威风。

拍过了，老师就淡淡地开了腔："看到这只石鸭，倒让我想起了一个杀鸭的故事。"

学生说："老师，您讲。"

老师说："从前有人养了一群鸭，不为下蛋，只为享受鸭鸣。众鸭欢歌，唯有一只默默，除了勤恳生蛋，绝无声响。养鸭人怒，挥刀杀之。"

学生说："不可理喻。"

老师说："故曰：金鸭不鸣，而罹其灾；草鸭狂叫，亦讨人笑。"

学生懵懂，无言地看老师。

老师忽而正色："拍马溜须夸夸其谈之流，可用乎？"

学生垂首，只觉喉干，唇焦，额上有汗涔涔地渗出。

下山时，学生凝望远处，久久默立。

老师说："想什么呢？"

学生说："这下山的路，该怎么走？"

正义的眼睛

下午。天突然黑下来，阴霾厚重地压着，风也尖啸着扫过树梢，天地间充斥着风雨到来前的喧嚣。

父亲说："别走了，住一晚吧。"

我望着穹宇，点点头。

看来是上苍的意思，要挽留我和父亲多说些话。我从另一个城市来看望父亲。父亲已经老去许多，两鬓斑白，脸上的皱褶里叠满了故事。父亲已经给我讲了不少故事，但他的表情里分明流露着意犹未尽的遗憾。也好，难得这样放松地听父亲的故事。明早披星启程就是。

我重又坐下来，父亲便高兴地为我续上茶水，吩咐母亲做晚饭。"要丰盛。"父亲说，"我要和儿子喝两盅。"

客厅的空间很窄，倒暖和。我已离开父亲 10 年。我住大套的豪华住房，用保姆，而父亲依然初衷不改，旧式的家当陈列如初。毕竟是隔代的人呢，父亲似乎永远走不出历史，走不出那个岁月。

父亲说："官做得不小了，儿子。"

我说："都是父亲的培养。"便有几许得意，父亲的官到底没能做过我去。长江后浪推前浪嘛。

父亲说："感觉怎样？"

我说："良好。"

父亲便缄默，轻轻地抿着茶水。良久，父亲说："我想让你看点东西。"

109

我说："又是革命文物吧。"便笑，有几分不屑。

父亲未答言，只从里屋取出一个红漆斑驳的木箱来，小心翼翼地打开。里面用红布裹着一包东西，父亲掀开红布，原是一摞旧衬衣。我不禁哑然失笑。

父亲说："这是我大半辈子的衬衣。"

我揶揄说："怎么，还准备将来让万民瞻仰?"

父亲沉着脸，说："你数数，这衬衣上有多少洞?"

父亲便把衬衣一件件摆开来，先让我数最旧的那件。那件衬衣已近于文物，一不小心就可能分崩离析。

我数了数，说："24个。"

父亲说："是啊。24个，前面18个，后面6个。你知道这些洞是怎么来的?"

我说："知道，是弹孔。"

父亲说："不错，爸爸当了恁多年兵，是敌人给的。可爸爸没有倒下。"

我感觉父亲正在历史中游走，没准儿这会儿还在硝烟中经历着血与火的战争。

父亲把衬衣抻开，让我一一数着各件的弹孔。后来数到最上面的两件了，越靠上弹孔越少，它标志着和平年代的安居乐业。但是每件衬衣上至少还有一个弹孔。

父亲说："这不是敌人给的，是犯人给的。"

我说："您是个好公安。"父亲解放后干了公安，直到今天。

父亲不语，反复地摩挲着最上面的那件衬衣，那件衬衣上只有一个洞，是从腹部打进去的。父亲这么摩挲了半晌，吸着烟，喑哑地说：

"你弟弟，就是我穿着这件衬衣送上刑场的。"

我默然。父亲的眼圈红了，烟也吸得凶，我说：

"都是过去的事了，弟弟是自作自受，用不着难过。"

父亲喷了口烟雾，定定地望着我，说：

"你是我唯一的儿子了。"

我的眼睛有几分模糊，低下了头。

父亲默默地整理着衬衣，重新叠好放进木箱，盖上盖子。这时，父亲突然响亮地说：

"知道为什么我总是打不倒吗？就因为有这些弹孔，这弹孔就是一只只正义的眼睛，万恶不侵！"

我几乎不敢正视父亲，便转脸望着屋外。天已黑下来了，只剩了悲壮的风声。我的心莫名地颤抖起来。

"叮⋯⋯"手机响了。我打开，一个滑腻的声音钻进了我的耳朵：

"喂，侯局长，今晚 8 点半，红都夜总会⋯⋯"

我关掉了手机⋯⋯

那夜的月光

孙卓凡是我们当地学术界的权威，也是个极清高的人。

孙卓凡担任着研究院的院长。大家都说，这是尊大神，只能仰视膜拜，却近他不得。的确如此，孙卓凡素来面无表情，目光总在高于水平线 30 度角的斜线上，领导见他，客气地问候几句，他也只是微微一个点头，而我们这些小字辈，与他搭话，他索性"嗯"一声了之。

从心里说，我们是很渴望与他亲近些的。

春节将至，领导特意请我们研究院吃饭。孙卓凡无动于衷，拒绝了。领导说："孙院长，您硕果累累，为我们争得了荣誉，这顿饭说什么也要吃，就算我们党组为您设的答谢宴吧。"

孙卓凡摆摆手："免了。"

领导很恳切："您就给我们个联络感情的机会吧。"

孙卓凡依然故我："我胃不舒服，告辞了。"

我们都挺失望，孙卓凡辞宴，我们自然没戏了。

但是领导还留了一手："孙院长，有个远方的客人，你就不想见见?"

"客人?"孙卓凡停住了步子。

"是啊，您的老同学，大学者萧元生。"

"他?!"孙卓凡的表情有了几许难得的生动，"我怎么不知道?"

"不相信? 那好，我给你们通个电话。"

领导很从容，拨通了电话，让孙卓凡听。

果然是萧元生。孙卓凡的脸上荡起了涟漪："你这家伙，来了怎么也不告诉我一声？"

萧元生说："好给你个惊喜呀。"

孙卓凡说："等着，我马上到！"

一进酒店，孙卓凡和萧元生就热烈拥抱，相互叫着同窗时的雅号，全然没有了往日的居高之态。然后入席，孙卓凡和萧元生紧邻着坐在主席，领导坐在次席陪着。服务员斟好了酒，没等领导客套，孙卓凡就举起了杯，和萧元生连碰三杯，饮得极是豪爽。我们都惊讶，孙卓凡居然会喝酒，而且英雄海量。

酒过三巡，大家都兴奋起来，孙卓凡红着脸，笑得很灿烂，搂着萧元生的脖子，谈着往日的趣事，俨然像个孩子。萧元生说："孙猴子，当年你可是个大活宝啊，同学们都想着你呢。"

孙卓凡说："我也想伙计们呀。"

萧元生出了个主意："就要过年了，咱们俩给同学们拜个早年吧。"

"好啊好啊。"

孙卓凡掏出电话本，热情洋溢地给友人拜年，拜完了，又要喝酒。萧元生说："不能再喝了，我已经多了。"

孙卓凡不依："不行，今天一定要一醉方休！"

孙卓凡先自饮三杯，又给萧元生敬。不大工夫，一瓶酒光了。孙卓凡的头有些打晃，手往衣袋里伸。大家都盯着他。孙卓凡的手出来了，竟又掏出了那个电话本。萧元生舌头僵了，说："给，给谁打电话呢？"

"拜，拜年！"孙卓凡说。

"不是拜过了吗，猴子？"

"还有这么多弟，弟兄没拜呢。"

孙卓凡开始拨号，很快，我们的电话响了。当我接到电话的时候，我体会到了一种特殊的感动。"小胡，我给你拜年，祝你合家幸福，万事如意！"我颤抖着说："谢谢您，孙院长，更要祝您身体健康，永葆青春！"

散席的时候，已近子夜了。月光像水银一样亮，整个城市仿佛透明了。

孙卓凡醉了，吐得一塌糊涂。我们把他搀回家，待他静卧后，才悄悄离去。

第二天，我们相约一同去给孙卓凡拜年。我们都想快点见到孙卓凡，这个愿

113

望很强烈。然而，我们又看到了那个面无表情的孙卓凡，目光射向高出水平线30度角的孙卓凡。孙卓凡说："昨天晚上让你们见笑了，哎，斯文扫地啊。我已决定从此戒酒。好了，我还有事，不奉陪了。"

我们悻悻而归，谁也没说一句话。

许久以后，我还常常想起那夜的月光。真的，那夜的月光，好美，像一个真实的幻觉。

壁 虎

那时正是晚秋时节，他只身一人坐在窗前，默守着一方无望的孤独。窗外秋风萧萧，枯叶飘零，他感到了一种生命将尽的肃杀和凄凉。

一天的时间就这样过去了。

冷月升起，他拉亮电灯，依旧端坐着，不思饮食和睡眠。

他只想这样坐着，一直坐到他同秋天一起被冬雪埋葬。

忽然，他凝滞的视域里出现了一条蠕蠕爬动的活物，他定睛一看，竟是一只壁虎，更令他惊异的是，这只壁虎竟然没有了尾巴！

壁虎的尾巴到哪里去了呢？他想，一只失去了尾巴的壁虎不就是个残疾者吗？对于壁虎来说，那条尾巴兴许是身体上一个顶顶重要的部分，而现在，它竟然只剩下了一个光秃秃的身子！

他凝视着壁虎，瘦小的壁虎在窗玻璃上艰难地攀缘，在生命的最后时刻苦苦地挣扎。他想，也许是哪个顽皮的孩子揪断了它的尾巴，这天真的恶作剧却给壁虎带来了多么残酷的一击！

他的心痉挛般地疼痛起来，干涸已久的眼睛里竟渐渐地潮润起来。他喟叹着，天底下怎么会有这么多可怜者呢？不管是命定还是意外，在厄运的魔掌下谁又能抗拒得了呢？

秋深夜寒，月华如霜。风声尖啸着，挥舞长鞭将枝头上残存的枯叶抽打下来。天地间除了风声，似乎一切活物都死去了。他感到自己的灵魂也已融入了这无边的暗夜，同秋风一起向冥冥的远方飘游。

壁虎还在吃力地攀缘着，腹部紧贴着脊背，显然，它已好久未进食物了。它的头缓缓地左右摆动，逡巡着四方，他知道它一定是在寻觅一只虫子或什么。这是徒劳的，他想，他突然产生了一个连他自己都不敢相信的想法，杀死这只壁虎！是的，杀死它，它就解脱了，就再也无须在这冷酷的世间受罪了！他觉得这是一种最高境界的悲悯，这可怜的壁虎一定会感激他的。

他支撑着站起来，呻吟了一声，而后蹒跚地走到屋外去，一步步挪到窗前。他的眼睛里滚下了两颗大大的泪珠，默想："壁虎，这是你的最后一个夜晚了，我也一样，到了那边，我再向你解释吧。"他伸出手去，一点一点地靠近壁虎，然而，就在他的手指即将触到壁虎的时候，那只壁虎却以意想不到的爆发力冲了下来，一口咬住了他的小指！

他惊愕了，片刻后，他匆忙抽回手来。壁虎并未伤害他，在壁虎面前，他太高大太强悍了。而壁虎的嘴巴却在慢慢地蠕动着，也许仅仅是一点生的希望和气息让它痴迷地咀嚼着一种滋味。就这样，壁虎一面蠕动着嘴巴一面慢慢地爬进了窗子上端的缝隙里。

他久久伫立，惘然若失。

第二天，他依旧枯坐在窗前，不同的是，他在等待着那只壁虎。

暮色降临，那只壁虎又出现了。

第三天，第四天，第五天……那只壁虎始终如期出现在窗玻璃上，尤为让人不可思议的是，在壁虎的尾部，竟萌生了一条细小的尾巴……

蓦地，他感到有什么东西在他心头重重地撞击了一下，一股热流冲出了他的眼睛！

初冬的第一场北风扫过的时候，一个手扶双拐的人出现在了街头，他响亮地同人讲话，朗声大笑，枯涸的眼睛里闪着一团熠熠的光亮。

沉默的古槐

多年以后，我发现我生命的影子依然和村口的那棵古槐连在一起。我看到瘦得像根鱼刺一样的汪童永远也定格在古槐之下，细若游丝的声音穿过稠密的岁月抵达我的耳畔：救救我——

21世纪开元之年的仲秋，我沿着人生的路径向1960年的初冬缓缓行进。霏霏细雨把岁月淋得潮湿沉重，我的灵魂瑟瑟发抖，如一枚风中的叶片。当我和汪童彼此听到对方的哭声时，1960年的饥馑气喘吁吁地承接了两个新生命的到来。现在看来，我们那时的确来得不合时宜。

1960年的初冬在朔风中凋零着营养枯竭的毛发，同年同月同日生的汪童和我把哭声悬在光秃秃的枝丫上，从此，两个浮肿的男娃在干瘪的岁月里艰难地长大，数年之后，我像条影子，而汪童则像根鱼刺。在古槐之下，我的影子常常会覆盖了那根鱼刺。

1969年夏天，汪童在古槐上砸下的阵阵蝉声中耷拉着脑袋，蔫蔫地说："不怪别人，怪我命不好。"其时，我正在津津有味地啃一个窝头。我说："谁让你是地主崽子呢？"汪童抬起头，脸色青白："你也叫我崽子？"我说："人家都这么叫。"汪童说："求求你，谷月，你叫我小弟行不？"我点点头，我说："俺爹不让我跟你玩。"汪童要哭的样子："你要不跟我玩，就没人和我玩了，求求你了，谷月哥，我怕……"我笑一笑："咱俩是哥们儿。"汪童就也笑了，眼里有了泪花。我继续啃着窝头，汪童定定地看着我，瞳孔里渐渐地伸出了两根饥饿的鱼刺。他"咕噜咕噜"地大口吞咽着唾沫，好半晌才说："谷月哥，你能让我吃一口窝头吗？——就一口。"我爽快地答应了。我喜欢看他可怜巴巴的样子。但是汪童的嘴刚刚触到窝头，我爹的怒喝就像一粒石子不偏不倚地射了过来："狗杂种！"我还未及反应，汪童已经惊兔般蹿进了附近一座孤零零的茅屋——那是汪童的家。

蝉声在 1969 年的夏天戛然而止。

我爹的汗珠和着泥土把我喂养成了一个黝黑结实的小伙。1981 年，我一身戎装地离开乡村，送行的乡亲们仿佛在进行一个神圣的告别仪式。我的目光落在古槐下形单影只的汪童身上。汪童依旧瘦如鱼刺，不同的是，这根鱼刺现在拉长了，而且遍体鳞伤，这是他偷东西日复一日累积的印记。汪童抿着唇，眼睛亮亮地看着我，后来他终于拨开众人，冲到我的跟前，抓着我的手说："谷月哥……我也想当兵！"我的父亲用一声嘹亮的呵斥把 1981 年劈开了一条血淋淋的口子："滚远点！"那根鱼刺弯曲成了"C"形退回了古槐之下，以至于许久以后我仍能清晰地回忆起汪童揪着头发撞树的样子，凄厉而压抑的声音贯穿了整个 1981 年："天哪，救救我——"此后，我在一支空军地勤部队服役了 4 年，4 年足以使我壮志凌云把前程设计得灿烂辉煌。但辉煌中我仍会时时想起汪童，想起汪童在饥饿中偷鸡摸狗被人唾骂暴打的样子，1981 年像一些七零八落的碎块落在了我生命的河床上。

爹说："狗日的！狗日的那个汪童……" 1985 年我退伍的时候耳朵里灌满了爹的谩骂。爹的嘴角涌满了腻白的泡沫。爹的眼珠火炭似的把 1985 年灼得炽红欲燃。

汪童发迹了。爹说："汪童这狗日的没原没由就发迹了。"我说："汪童不是坏人。"爹说："不是坏人他能发横财？他能今儿一个明儿一个地搞破鞋？"爹说："往后你少跟那狗日的来往，咱村老少爷们儿准备选你当村长哩！"

但我还是背着爹去城里见了汪童。

汪童果然判若两人，西装革履，那身行头是那个年代的时髦，只是依然瘦得像根尖削的鱼刺。汪童请我下馆子，点了不少菜，又上了两瓶酒。我脱口说："汪童，我没想到你会有今天。" 1981 年的哭嚎犹如一片薄云，无声地滑向了岁月深处。汪童说："士别三日，当刮目相看。我也没想到，但我做到了。"我未再深究下去。汪童说："谷月哥，回来有什么打算？"我叹了口气，"那些城市兵复员后都安置了工作，我这个农家子弟却只有回乡务农的份儿，锦绣前程不过是南柯一梦，难免怅然若失。而留在村里，又心有不甘。"汪童拍着胸脯说："别烦心了，这事儿老弟帮你搞掂。来，喝酒！"我们举碗豪饮，皆有了几分醉意。汪童趔趔趄趄地站起来，说："找两个妞儿，咱哥儿俩好好玩玩。"我摇摇头，我说："汪童，别乱来。"汪童笑了，说："老子偏要玩个痛快。"我说："干嘛这样放纵自己呢？"汪童瞪着血丝纵横的眼睛，说："我这是报复。知道吗？我脑子里现在他妈的只有两个字——报复！"我哑然。

2000 年的蝉声如火如荼的时候，我已经是个享受专车待遇的人了。而汪童则刚刚走出了那个囚禁了他 15 年的牢门。一切都似乎是必然的，1985 年我的预感已经牢牢地在心中扎根。我坐在开着空调的小车内回到故乡，远远地就看见了汪童在古槐下呆立着。我下了车，叫了声："汪童。"汪童迟钝地转了下眼珠，然后惨然一笑。我说："汪童，洗心革面，从头再来。"汪童笑得冷冷的，说："你像个当官的了。"我一时无话。汪童说："我的心死了。我连报复心都没有了，我活着还有什么意思？"我很想拍拍他的肩，但终于还是没拍。我说："不能这么想嘛，路还长呢……"汪童仍笑，这会儿却笑得古里古怪，让人琢磨不透……

第二天，我就得到了汪童死亡的噩耗，死因至今仍是个谜。爹在电话里描述他死后的惨状时，没忘了一口一个"狗日的"："狗日的，死有余辜！"

2001 年 10 月某个落雨的傍晚，我伫立在异乡的街头。我又看到了那棵沉默的古槐，古槐下，鱼刺样的汪童在风中噤若寒蝉。他哀怨的目光碰到了生命之初悬在枝丫上的悲啼，细若游丝的声音虚弱而顽强地穿过岁月的苍茫，从 1960 年饥馑的初冬一直延续至今。他说：

救救我——

淮河淮河

老江头死的时候，我已经连哭的力气都没有了。我知道，我的生命也快要结束了。老江头的尸体像一具风干的木乃伊，样子很吓人。我掉了几颗泪，在苍茫的淮河上，我成了一只孤零零的鱼鹰。

我等待着死亡。

淮河的水很黑，我的鼻腔里灌满了呛人的气味。我的嗓子发炎很久了，老也好不了。我忍受着撕裂般的痛，还有饥饿，等着淮河来把我的生命取走。真的，我现在就盼着早点死去，像老江头一样，彻底解脱。

鱼没了，虾没了，淮河里，那些曾经鲜活的生灵，都没了。在一场黑色的洪水之中，整个水面覆盖着水族的尸体。那大片大片涌动着的惨白，像是一块苍天垂下的孝布，把我裹紧了。

我伏在老江头的破船上，半梦半醒地听着死亡的喘息。我的脑际流过了当年的淮河，清澈的绸缎般的淮河，大大小小的鱼儿，在水中嬉闹，那是我们的家园。老江头悠闲地摇着橹，间或喝上一口烈酒，悠扬地唱着渔歌：

　　　淮河水，波连波，

　　　鱼儿肥，虾蟹多，

　　　摇着小船唱着歌，

　　　世世代代渔家乐。

　　　……

那时的老江头，肤色红润，全身的腱子肉鼓突突的，是个很剽悍的汉子。他撒网，我下水。我总是很轻易地就能叼到一条大鱼，然后跃上船，潇洒地把鱼吐出来。我喜欢老江头的手抚摸我羽毛的感觉，那是慈爱和嘉许。累了，我们就躺在船上，眯着眼睡觉。船悠悠地飘着，头下是潺潺的水声，那粼粼的清波，像血液一样淌进了我们的生命……

可是，现在一切都不存在了。

我不知道淮河怎么了，我想淮河一定是病了，病得很重。生病的淮河让老江头死了，让更多的人倒下。那天，我们经过一个淮河边的村子，正好碰见一家出丧，魂幡在风中招展，凄凉的唢呐声呜呜咽咽地传出很远。后来老江头打听到，死者才37岁，食道癌。他们村成了有名的癌症村，隔不多久就有一个癌症患者离开这个世界，村外的山地上，添着一座又一座新坟……

"作孽啊！"老江头喟叹了一声，像淮河上绵绵无尽的风。

不久，老江头也得了癌症……

我觉得我的心跳就要停止了。没准儿，我也得了癌症，只不过不会有医生为一只鱼鹰做出诊断。我连抬头的力气都没有了，甚至没法看清眼前的东西。那么，死神，你快点到来吧。

我没想到还会有一条鱼出现，那是一条黑鱼，它居然还活着。可是从它细如游丝的嗓音里，我知道它也已是命在旦夕了。

"求求……你。"它吃力地说。

如果在过去，我会一口叼了它，把它送给老江头。可是现在，我和它同病相怜了。

"放心吧，我不会伤害你。"

"不，"它说，"求你吃了我，让我少受些痛苦。"

我笑了。我不知道为什么要笑。我的笑只是一串断断续续的喘息，我哪还有力气去吃一条求死的鱼？在午久的静默之后，那条鱼慢慢地腹部朝上，向远方漂去。它解脱了。

我也到时候了，一阵眩晕感沉重地袭来，我的眼皮合上了，再也不能睁开。我死在了淮河里，和老江头一样，死在了自己生命栖息的地方。但是，我的魂魄不走，我离不开淮河，我看到老江头的魂魄也在淮河上游弋。我们要看着淮河，等待着有一天，淮河又成为我们生命的河。那时，我和老江头还会动情地唱起那首渔歌：

淮河水，波连波，
鱼儿肥，虾蟹多，
摇着小船唱着歌，
世世代代渔家乐。
……

夜色苍茫

他走在苍茫的夜色里。

脚下，是一条荒僻的野径。野径旁，蹲伏着几个阴森森的坟头。

夜风扫过衰草，发出骇人的声响。

他觉得全身每根汗毛都直立起来了。

突然，他听到一种奇怪的声音，像是人的脚步。这地方除了自己，怎么会有其他的脚步声呢？他站下来，渐渐地，他看到了身后一个模糊的身影。

他的心一下子揪到了嗓子眼里……

妈的，真不该走这条路，要不是为赶时间看球赛，我怎么会抄这条该死的近道呢？这场球赛我都盼了半年多了，可偏偏今天加班……

我不知道这个身影是人是鬼，反正它一直在向我逼近。据说这地方时常"闹鬼"，没人敢单独从这儿走。我不信鬼，可万一是贼是盗呢？那可够我受的了。

我感觉一股冷气从腿肚子里升上来，把我的血都搞冷了。路还很长，我该怎么办？我几乎没有勇气走下去了，要不，索性原路返回，走大道。……可眼下得先躲一躲，可是，躲哪儿呢？

我的头都要炸了……

苍茫的夜色里，她深一脚浅一脚地走着。

路凸凹不平，砾石散布。两旁那些黑魆魆的坟头，像一个个杀机四伏的暗堡。

一声乌鸦的悲号，让她禁不住一阵战栗。

123

　　她的牙齿"得得"地磕碰着，怎么也无法放松，连呼吸都变成了急促的喘息。

　　蓦地，她看到了前方一个木立不动的身影，一声本能的惊叫冲出了她的喉咙：

　　"妈呀——"

　　真后悔，我怎么会鬼使神差地走这条路呢？也许刚才与男友发生争吵后，我彻底昏了头了，竟然踏上了这条吓死人的"鬼道"。现在想想，是我太固执了，怪不得男友的，可是我也不该由着性子走这条道呀！

　　前面那个影子分明是个人，不，也许是个鬼呢！天，它怎么会站在那里一动不动，是在等待猎物吗？我该怎么办？如果男友在这里的话，该多好！我感到心脏把胸膛撞得好痛，我几乎要窒息了！

　　月亮不知躲到了哪里，连星星都不见了踪影。我找不到一丝照亮前路的光明。

　　这漫漫荒道，我是否能走出去呢？我会不会就此断送自己呢？

　　我的双腿发软，直想倒下去，倒下去……

　　他舒了口气，是一个女孩，看样子她也吓坏了。

　　"别怕，小姐，我是个过路人。"

　　她惊魂初定，听得出，这是一个没有危险的男人的声音。她身子一软，真要跌倒了。

　　"天呀，你是人……吓死我了！"

　　"走吧，我们同行。"他说。

　　"谢谢！……我们同行。"她说，有些哽咽。

　　他搀扶着她慢慢前行。

　　荒野上，他有种莫名的感动。

　　小路上，她有种彻骨的感动。

　　路走完了，他和她紧紧握手，告别。

　　他消失在华灯如昼的夜色里。

　　她隐匿在霓虹闪烁的光影里。

穴　王

那时，黑蚓生活的环境相当恶劣，砾石成堆的土地贫瘠干燥，寂寞的风在荒野上踩出苍白跫然的足音，日头像一个疯子的眼睛，终年把恶毒的目光射下来，穿过土地的表层，贪婪地榨取着土地中残存的水分。黑蚓不得不使尽浑身解数，努力地挖掘着向下的隧道，以躲避日光的灼辣和寞风的苦吟。

对雨水的渴盼成了黑蚓梦幻的全部内容。

可是，这地方的天空就像一个失忆的白痴，早已淡忘了雨的形迹。

黑蚓蜷缩在狭窄幽暗的穴道里，绝望地想，完了，也许此生就要永远这样生活下去了，直到死。巨大的悲伤日光一样灼烧着黑蚓，它几乎怆然欲绝。

但是，黑蚓听到了一种奇怪的声音，在头顶，均匀而有力地响起来。

黑蚓感到了大地的颤动。

不是雷，天空依旧瓦蓝无云，日头像疯子翻上来的炽白的眼珠，而风已逃遁得无影无踪。那声音来自一把大镐，在大镐的上方，是一个胸肋毕露的农人。

土地在大镐下迸散开来，尖锐坚硬的镐头不断向黑蚓逼近。黑蚓似乎意识到什么，恐惧像黑色的风暴在它心头漫升而起，它拼命地开掘前路，妄图逃避从天而降的劫难。

但黑蚓无法躲过农人的袭击。

黑蚓成了农人的俘虏。这个戴着一顶破草帽的农人把黑蚓丢在一个散发着霉味的破竹篓里，慢腾腾地来到了远处的一条河边。

农人是来钓鱼的。

黑蚓在一阵撕肝裂胆的剧痛中被农人揪断，血肉模糊的肢体穿在锋利的鱼钩上，黑蚓看着自己的肢体和鱼钩一起没入河水。

末日的恐惧和悲苦淹没了黑蚓，这下彻底完了，黑蚓想，我连苟且偷生的日子也没有了。

所幸，农人钓到了大鱼，见好就收。

农人把鱼扔进竹篓里，黑蚓拖着残伤的身体，远远地躲开大鱼，它看到农人收了鱼竿，背着它和鱼优哉游哉地回到了一个茅屋里，那是农人的家。

农人打开竹篓，倒过来，鱼和黑蚓一起坠落地上。那时鱼已死了，张着嘴，好像在发出最后一声哀号。黑蚓瑟缩着，就在农人剖鱼的那一刻，黑蚓躲开了农人的视线，拼尽最后一线力气向地下钻去。

这是一片肥沃而湿香的泥土，是黑蚓梦牵魂绕的家园。黑蚓很容易地钻了进去，一场灭顶之灾就这样在农人的疏忽中躲过了。

接下来的几天，太平无事。

土肥水美，且土质松软，黑蚓饱食酣眠，很快元气恢复。在这样堪称可世代安居的地方，黑蚓没有理由不繁衍同类。它不断地断裂、生长，不久，这里就成了蚯蚓的家园，自然，黑蚓是蚓类的魁首。

一个和风艳阳的日子，农人刨开了土地，垦荒种菜。他惊奇地看到了成堆的蚯蚓，突然，他眼睛一亮，目光捕捉到了粗壮魁梧的黑蚓。

农人嘿嘿笑了，他拎起黑蚓，说：

"没想到你这么善于钻空子，在我的领地里建设起了你的家园，真不错啊。也好，老夫可以省去锄地之力了。"

黑蚓竟被放回了安身立命的家园。

这一刻，黑蚓对农人充满了感激。

土地上种满了菜蔬，为报答农人，黑蚓率领众蚓，充分发挥钻孔打洞之能事，把这片土地开垦得营养丰沛，土质疏松，菜蔬根须硕壮，枝叶蓬勃，长势良好。

农人坐在地边，抽着老叶子烟，笑出了一脸得意。

蚯蚓的家族日益壮大，黑蚓德高望重，一呼百应。在这里，蚯蚓与农人建立了一种良好的合作关系，蚯蚓在它们无空不钻、无孔不入的家园里劳作和生活，而农人则可以依赖蚓类坐享其成。

有时，农人还会随手拎起一根蚯蚓去河边垂钓，黑蚓默许，消灭我一个，自有后来蚓。农人送了黑蚓一个雅号：穴王。黑蚓欣然接受。

黑蚓和农人成了心照不宣的朋友。

多年后的一天，庞大的蚯蚓家族钻了农人茅屋下的空子，它们在黑蚓的带领下，有恃无恐地开凿隧道，竟然将屋下的土地挖空，茅屋在骤然的陷落中坍塌。

尚在美梦之中的农人被当场砸死。

在农人的尸体上，黑蚓和它的族民们欢呼着，开凿着——这个农人，曾是这片土地的主人，而今，却和这片穴道密织的土地一样，成了蚯蚓的家园。

黑蚓高踞于农人的头颅之上，正式登上了"穴王"的宝座。

凤凰涅槃

　　叶儿一人来到凤凰山。

　　此时，是午后，凤凰山静得似入了酣梦。野草葳蕤，阳光在草叶上流淌。叶儿知那草丛里埋了说不完的故事，传说从前有只凤凰落在这儿，那时四周一片黑暗，终年不见阳光，凤凰就用喙啄那妖魔布下的天幕，啄了多少个春秋，终于使天幕崩塌，日跃中天，人们盼来了温暖和光明，而凤凰却精疲力竭，死在了这里。凤凰山便以此得名。

　　叶儿蹲下身，开始扒山上的石块。

　　石块下有蝎子。叶儿便用竹夹小心地夹了蝎子，投到小玻璃瓶里。叶儿想，等把这些蝎子卖了钱，王老师就不会离开他们了。

　　上课铃响的时候，叶儿才把瓶子拧上盖，装进书包里，满头大汗地往学校跑。

　　叶儿迟到了。

　　王老师很生气，说："叶儿，你最近怎么老迟到？"

　　叶儿低着头，不语。

　　"快坐下吧，好好上课！"

　　叶儿坐到座位上，看着王老师。王老师年纪轻轻，是山外来的，在这儿呆了两年，明显有些瘦了。叶儿注意到，王老师的那件西装一直穿在身上没换过。王老师的眼镜几个月前摔断了一条腿，只用一根橡皮筋系着。叶儿知道，王老师的心就是被眼镜摔碎了。

山里苦。

第三节自习课，叶儿又逃学来到凤凰山上，扒蝎子。

叶儿要为王老师买副眼镜。

天擦黑时，叶儿才回家。

第二天，王老师把叶儿叫到办公室，脸色很不好看。

"瞧瞧你的作业，这么简单的题都做错，你到底在想什么?"王老师把作业本掷给她。

叶儿捧着作业，流泪了。

王老师背着手在办公室里徘徊，叹着气，过一阵，说:

"反正，我也快走了，你们随便吧。"

"不!"叶儿哭着说，"老师，我不让你走!"

王老师摇摇头，苦笑了。

叶儿就不再上学，专心地在山上扒蝎子。她要赶快扒到能买一副眼镜的钱，那样，王老师就能看清山路，就不会到山外去了。

这天，王老师提上行李，谁也拦不住，往山外走。学生们都哭了。

忽然，有个学生气喘吁吁地跑来，上气不接下气地说:

"王、王老师……叶儿、叶儿……"

王老师着急地问:

"叶儿怎么了?"

"叶儿在山上扒蝎子，被蛇咬了!"

王老师的行李掉在了地上。片刻，王老师便发疯似的往山上跑。学生们跟着一齐跑。

叶儿躺在凤凰山上，脸像纸一样白，手里还紧攥着一个小瓶子。

王老师抱起叶儿，大声喊:

"叶儿，你醒醒! 醒醒!"

叶儿终于未能睁开眼睛。那个报信的学生断断续续地说:

"老师……叶儿……要用蝎子……卖钱……为您……买眼镜……您……别走……"

王老师的泪淌了一脸。

129

凤凰山上一片哭声。

叶儿出殡那天，村里人都来送葬。

王老师在叶儿坟前坐了一天。

以后，王老师再没离开凤凰山。

水莲花

水莲花人如其名，青姿秀色，身段窈窕。莞尔一笑，柳眉凤目脉脉含情，百般的娇媚，能让人心驰神荡，产生一种微醉般的快意。水莲花家庭出身不太好，七岁从艺，对戏曲极有悟性，演个书童什么的，台上一晃，竟能让观众一见难忘。十几岁，便只身到新疆的一个豫剧团闯天下去了。

水莲花慢慢大起来，豆蔻年华的水莲花更是风姿绰约，光彩照人，且极勤奋，为练功，她把所有的闲暇都牺牲了，有时候见到块玻璃，只要能映出个影子，水莲花就甩甩水袖，走走台步，月光下，亦是对影自练，影随她，她观影，渐渐地，水莲花的戏赢得满堂喝彩了。

水莲花成了团里的台柱子，有了一大帮戏迷。水莲花一登台，台下就响起经久不息的掌声。水莲花的戏做得很细腻，一个眼神，一句唱腔，都情味十足，动人心弦。水莲花又极具天赋，对角色的把握十分准确，一上台，水莲花就不知自己是在戏里还是戏外了。

没人不知道水莲花的。

有时候，水莲花病了，不能登台，戏迷们就四处打听："水莲花呢?"

"听说生病了。"

"真想见见她，不听她的戏，连觉都睡不安稳呢。"

水莲花已经是人们生活中的一部分了。

但水莲花活得并不如意。当地一位做官的迷恋上了水莲花的秀色，便威胁她作他的姘妇，否则就搞臭她。水莲花不从，果然就谣言四起，备受无中生有的加害。水莲花以泪洗面，一个月黑风高的晚上，水莲花来到楼顶平台，真想一死了之。

远处依稀传来凄厉的狼嗥。

水莲花没死，她想起了家人，想起了自己的誓愿，她咬着牙下楼了。水莲花不知道这时已经有一个青年在爱着她了。那青年是一个工程研究人员，中等个儿，很英俊，经历过一次惨痛的失恋，看了水莲花的戏，冥冥中他就觉得自己要与这朵傲霜的寒梅共度一生了。

青年人叫治国。

治国给水莲花写信，倾诉了他的爱意。水莲花接到信，浑身瑟瑟发抖，她已经对男人产生了本能的恐惧。后来，治国去团里找她，那张棱角分明的善良的脸让水莲花怦然心动。治国言语不多，举手投足间却满含深情。在水莲花内心最痛苦的时候，治国给了她莫大的安慰。

"治国！"水莲花终于扑在了治国的肩头，痛痛快快地哭了一场。

水莲花与治国结婚了，仪式极简单。

生活虽然清苦，却平静，有了治国，水莲花活得安然了。只是，水莲花再没有像以前那样风光过。

水莲花知道自己被人暗中压着，但她不甘，依然加倍练功。漫长的寒夜里，水莲花总爱默默地翘盼黎明，眼里布满了血丝。

八十年代，水莲花和治国一起调回内地，由于技压群芳，到内地的剧团后便独占鳌头。水莲花的名字很快让内地人耳熟能详了。

一台戏打进了北京，获了大奖。水莲花的名字更响亮了。

水莲花顺理成章地做了团长。

往昔的阴霾就成了一去不返的记忆。

水莲花年龄渐长了，却依旧风韵不减，戏演得更加炉火纯青，唱、念、做、打，天衣无缝。唱片公司为她灌制了镭射音碟，她的音容风靡全国。

水莲花成了本地的活跃人物，市内的大小活动，都少不了水莲花的压轴戏。

团里的一批青年演员慢慢成长起来了，却只能跑跑龙套，做个配角。水莲花的主角位置雷打不动。

一次，水莲花患了重感冒，适逢团里演出，有人说："水团长，这次你就在家养病吧，让年轻人上，也锻炼锻炼。"

"不行！"

水莲花斩钉截铁，没有妥协的余地。

水莲花的声带嘶哑了，可她还在唱。

青年演员渐渐地对水莲花有了意见："有她在，哪还有咱们的出头之日呀？"

治国对水莲花说："二了这么多年了，就让年轻人也试试身手，给他们些机会吧。"

水莲花表情漠然，仍说："不行！"

"为什么？"

"我那些苦都白吃了吗？失去的，我一定要补回来！"

"……"

治国哑然。水莲花的脸上到底有了岁月的鞭痕，尽管风韵犹存，却毕竟显了些老态。

水莲花占据着本地的舞台，一花独放。

有几个青年演员调到别的剧团去了，竟很快崭露头角，大有长江后浪推前浪之势。

"王八蛋！"水莲花骂了一句。

水莲花会枯萎吗？

民族唱法

丁岸和严松有同样的嗜好：养鸟。丁岸养了只画眉，严松也养了只画眉。一有机会，两人便提着鸟笼聚到一起听画眉唱歌。

丁岸的画眉嗓音浑厚，浸着浓重的泥土味。严松的则高亢嘹亮，极具穿透力。两只鸟跟赛歌似的，到了最后，丁岸的画眉俯首沉默了。严松很得意。丁岸笑笑，不言语。

严松说："你的画眉是民族唱法，我的呢，毫无疑问，是标准的美声唱法。一土一洋，大相径庭啊。"话音刚落，丁岸的画眉竟一改刚才的沉默，再次发出了朴拙的歌声。

严松哈哈大笑："嗓子不怎么样，还挺不服输的。"丁岸憨厚地一笑："土得到位也是美，关键是要唱出自己的歌。"严松不屑争辩，提着鸟笼神采飞扬地走了。

丁岸在乡政府，严松在党委办。工作中，丁岸话不多，却踏实、勤奋，没事就往基层跑，交了不少农民朋友。严松则舌灿莲花，善于表现，还时不时写篇颂扬领导的新闻稿，很得领导的赏识。一年后，严松便荣升了党办副主任，而丁岸仍是小兵一个。

私下里，严松对丁岸说："老弟，不是我说你，像你这样老牛一样死干，白搭。"

丁岸还是笑笑，没话。

"你呀，跟你那只画眉一样！"严松丢下这句话，背着手走了。

134

　　这年秋天，乡里要建小化工厂，向农民摊派集资。丁岸据理力争，坚决抵制。书记给惹火了，一拍臬子说："一点大局观念都没有，什么觉悟！你要是嫌咱这小庙盛不下你这尊大神，尽管另择高枝好了。"丁岸非但没被吓住，反而更来劲了："建小化工厂一来污染环境，二来加重农民负担，有百害而无一利！"

　　矛盾升级，火山即将爆发之时，严松出现了。严松赔着笑说："领导消消气，让我劝劝他。"说着，连拉带拽地把丁岸弄出了办公室。"我说你能不能识点时务、长点眼色？"严松一脸的痛心疾首，"傻瓜也不会硬往枪口上撞，你这个死脑筋开开窍好不好？""对不起，严主任，这个窍我开不了！"丁岸扭头而去。严松愣在那儿，摇头长叹，心说："你小子等着倒霉吧。"

　　事情的结果出人意料。小化工厂建设计划被勒令撤销。原来丁岸到市委反映了情况，立即引起了上级领导的重视。乡里主要领导受到了严厉的批评。

　　翌年，乡政府班子改选，丁岸当上了副乡长。可丁岸还是从前那个样，话不多，只是往下面跑得更勤了。在他的主抓下，产业结构调整由小面积示范到大面积推广，取得了巨大成功。

　　没过几年，丁岸担任了乡党委书记。而严松，则在裁减分流中进了种子站。

　　一个晚上，严松喝了不少酒，脑子一热便提着鸟笼进了丁岸的家。"好久没有听画眉赛歌了。"严松说。丁岸笑了："那就……再赛一次？"

　　两只画眉你方唱罢我登场，一个浑厚质朴，一个嘹亮动听。

　　丁岸说："听出什么新的感觉了吗？"

　　"你这只……还是……民族唱法。"严松舌头发硬。

　　丁岸意味深长地说："是啊，民族唱法，你往深处听，那歌声里有土地的血脉呢。"

　　严松怔怔地，没吱声。

　　"往后，就给咱们的土地多播些好种子吧。"丁岸在严松的肩上拍了两下，很重。

逃亡一种

雪很大。六盘山的雪季，天上盛开着硕大的花朵，白得刺眼，白得混沌。

吉尔说，就是这里了。

古丽看到了面前的那个石槽，很深，雪已经在底部铺了层白色的毡。

吉尔跳了下去，把备好的衣褥和干草铺好，像一张柔软的床。吉尔伸出两手，说，来吧。

古丽被托在吉尔的手上，像一朵晶莹的莲花，飘落下来。雪在她的眼里舞得很重。

他们躺好。吉尔抱着古丽，古丽抱着吉尔。这样很好，暖和，而且亲密。古丽可以听到吉尔的心跳声，一下一下，像鼓槌敲击着羊皮大鼓，很有力。古丽笑了，躺在这个男人的心跳声里，她很踏实。

吉尔说，追兵也许两个时辰后就到了。吉尔的判断从无差错，作为王的左右，一个武林高手，古丽相信他。

古丽吻了下吉尔，说，亲爱的，我们什么都不怕了，这里最安全，是吗?

吉尔抱紧了古丽，听着雪花砸在地上的声响，冷硬而决绝。那是对尘世的决绝。吉尔舒了口气，说，阿伦就快来了，我都听到他的脚步声了。

阿伦是吉尔逃到六盘山来交的朋友，一个山石般的硬汉。这个石槽，便是阿伦和吉尔一起挖的。

雪花，一大朵一大朵，开在吉尔和古丽的身上。

阿伦来了，还带着家人。吉尔站起来，和阿伦握手。他看到了阿伦脸上的泪。吉尔说，你把我送到了幸福的天堂，朋友，有什么难过的呢？

阿伦抹了把泪，说，朋友，走好。

吉尔把装金银的袋子递给阿伦，拿着吧，朋友，你在地上，我在地下，我们都要幸福。

阿伦摆手，阿伦说，我不要，让它陪伴你们吧。

吉尔笑了笑，朋友，我要它有什么用呢？现在，它是我们传递友情的唯一方式。

吉尔重新躺下来，抱紧古丽。再见了，朋友！他听到阿伦的声音，沙哑得像风蚀的老墙。两颗泪打在他的脸上，滚烫。巨大的石板在滚木和绳索的拉动下，像一支大鸟之翼，慢慢地覆盖了他们。最后一线白光消失后，世界沉入了无声无息的静寂。

黑暗中，吉尔狂吻着古丽，古丽热吻着吉尔。他们可以闭着眼睛，但彼此都看得到对方。许久之后，力量正从他们的身体里一点一点消退，像落潮之水。他们静下来，抱紧。吉尔说，我看到天国的灯了。古丽说，是的，好美，像星星。

现在，只剩下时间在走了。时间像风一样，走得又轻又快。后来，吉尔问，过了多久了？古丽说，不知道。

吉尔和古丽拥有了从未感受到的自由，他们可以逆着时间的河，静静地走来走去。吉尔看到了昨日的王。王很伟岸，王对他推心置腹，亲如孪生。他们像一棵树上发出的两个枝杈。

古丽也看到了君。君是女王。君冷艳照人，威仪无比。君把古丽看作一个手掌上的两根手指。

吉尔说，我是王的叛逆者。

古丽也说，我是君的叛逆者。

吉尔说，如果一切可以重新开始，你还会逃出来吗？

不知道。古丽沉默很久，说。古丽的声调里有掩饰不住的伤感。

你呢？古丽问。

吉尔同样沉默。吉尔后来说，我想还是会的，和你一起，逃向永恒。

古丽笑了。

古丽听到了地上的响声。那响声很小心，好像生怕伤着了他们。吉尔疑惑地听着，本能地护着古丽。大石板启开了，外面的光雪亮，刺得吉尔一时间什么也看不清楚。走在身旁的岁月，化作一匹千年之马，跃出石槽一闪而去。

吉尔听着外面的人声，他们在猜度着自己和古丽。他听到了"夫亡妻殉"、"露水夫妻"等等种种假想，都很动情。吉尔笑了，他对一个戴眼镜的老者说，我是王的影子，所以我逃亡。

古丽说，我是君的影子，所以我逃亡。

逃亡，仅仅是为了追寻自己，包括爱情。

但是老者听不见。谁都听不见。大家在一个谜面上走来走去，找不到真相。吉尔看着古丽，他看到了一具骸骨。而同样，在古丽的眼里，他也只是一具骸骨。

两具骸骨还要逃向哪里？

口 哨

他来到湖边时，她已在等他了。

"你迟到了！"她嗔道，却带着笑。

"哦，对不起。"他慌忙道歉。刚才在宿舍时心里有点乱，就把钟点忘了。

湖边挺静。一轮月挂在东边天上，大约刚升上来，所以还不太亮。

"知道今晚我为什么约你出来吗？"她问。

"不……"他莫名地有点恐慌。也许是她太美丽，也许是她那两只眼睛太清澈，他不敢正视她的脸。

"其实什么也不为。"她调皮地眨眨眼，"我看你这个人挺有趣。"

"有趣？"他惊异地看着她，觉得不安。

"是呀，难道你自己不觉得吗？"她认真起来，"你跟别人不一样，当然就有趣啰。"

"……"他低下头，喉咙里泛起一种酸酸涩涩的滋味。是自卑，他明白。他从小就自卑，没事的时候只爱一个人呆在不引人注意的角落里，看书或想心事。因为自己长得丑。正因为丑，他才不喜欢做不着边际的幻想，因此当漂亮的班花约他今晚出来时，他觉得像在做梦。她到底有什么事呢？他没敢多想……现在，他怀疑班花是有意挖苦自己。

他感到浑身不自在，脚步也有点乱了。扭过头看湖面，镜样的湖面上正幻动着无数银色的光点。

"会吹口哨吗？"她忽然转移了话题。

"哦，不……"他忙摇头。

"我会！"

她骄傲地撮起红艳艳的小嘴，便有圆润的口哨声甜甜地溢出来。

她太浪漫了。他心想，就更觉自己土里土气，实在渺小。他甚至有点后悔今晚如约而来，像他这样的人跟班花走在一起，并不是一件很愉快的事。他想。

月儿渐高了，地上明晃晃的，像撒了层水银。月光沁凉温柔，轻轻抚弄着他们的面颊。

"会游泳吗？"她又问。

"不……"他仍摇头。

"昨晚我和两个男孩游了半夜，比赛谁的速度快……真痛快！"她的表情像是在回味。

他觉得喉咙或者别的什么器官猛地一紧……

"你这个人可真有趣！"她又咯咯笑起来，"像棵会说话的树那样有趣！"

原来在她眼里，自己是一棵会说话的树！他觉得受了侮辱似的，脸一阵热，血一阵涌，之后眼睛便有些模糊。

"做个朋友吧。"她一本正经地说。

"朋友？"这个要求来得太突然，让他不知如何作答。什么样的朋友呢？他能和才貌双全的班花做朋友吗？

"对呀，咱们班包括咱们系还有外系的好多男孩都是我的朋友！"她补充一句。

他放松了些："当然……可以。"

"那么，从现在起，你就是我的朋友了。"她高兴地说，"既然是朋友，我希望你以后活泼些，开朗些，像个真正的青年人！"

"噢……"

"我还想给你说句心里话，一个人的美并不取决于他的五官，而在于他的气质。"她神色庄重，顿了一会儿，又说，"其实，你是个蛮有气质的人呢，要不，我也不会跟你做朋友的。"

"哦……"

他闻到了一股从她身上散溢出的少女的芬芳，就感到几许温暖和甜意，适才的不安和自卑退去大半。

"我希望明天就能看到一棵会蹦、会跳、会笑、会闹的树。"她爽朗地说，眸子亮亮地盯着他。

他微微笑了一下，觉得扯动脸上那常年僵硬的肌肉蛮吃力的。笑过了，他忽然胆壮起来，就问："你交这么多男孩做朋友不害怕吗？"

"怕什么，从小到大我都爱和男孩们在一起玩，我不是活得挺好吗？"

他无话了，似乎第一次懂得了《文学概论》中常常出现的一个字眼：性格。

"回去吧，晚了可要吃闭门羹的。"她看了看表。

他们往回走，脚步声沙沙的，很和谐。他坦然地望着湖面，月儿印在上面圆圆的一团，轻轻荡漾着，迷迷幻幻，富有诗意……

突然，一声嘹亮的口哨竟从他的口中潇洒地吹出！

"怎么，你……"她惊讶地瞧着他。

"我……"

片刻之后，他们都笑了，笑声和着月光一起在水波上明明亮亮地跳跃……

后来他才知道，班花当上了校学生会生活部的部长，那晚是专门做他的思想工作的。

他很感激。他唯一的报答就是吹口哨，欢快的口哨声伴着他在以后的人生旅途上大步走着。

影 子

影子说：我带你去一个地方。

他诧异：我的影子会说话？

影子不容置疑：请跟我走。

影子飘然而行。他机械地跟随。

凌晨时分，天色朦胧。路灯依旧亮着，保持着华丽的沉默。

影子时短时长，游移变幻。

你是固定的，而我是自由的。影子说。

他蹙起眉。

我能到你永远不能抵达的地方，也能遁形为肉眼不可及的盲区。我能千变万化，而你只能在恒定的躯壳里想入非非，让躁动的灵魂在生命的釜砧上挣扎。

他感到某根神经在隐隐作痛。

不要胡说。他制止。

影子一笑，挺诡谲，之后便缄口不语了。

走到立交桥上时，天色已然大白，日头很艳，像个浓妆艳抹的女人。

他凭栏驻足一刻。

影子纵身一跳，扑向了桥下花丛旁的一个女子。女子亭亭玉立，玲珑有致，让他的心禁不住怦然一动。

不久，女子身旁有了一个大腹便便、派头十足的男人。

好女都给狗叼了。他感慨。他想起自己曾经钟爱的一个女友，就是背弃他跟了这样的一个男人。那时他天昏地暗，独立桥头，差点寻了短见。

影子心满意足地回来，舔着嘴唇，春风得意地说：我已经亲了她。

他不齿地撇撇嘴。

你能吗？

下流！他说。

影子仍是一笑，不再说话。

日上三竿时，他们来到了一座威严的大楼前。一辆豪华小车上下来一个脑门贼亮的人，轩昂地拾阶而上。

他的牙齿咬出了"得得"的响声。

影子一个箭步，撞了那人一下，摇头晃脑地冲他笑。

撞得好！他说。

当然。影子说，我知道你恨他，——半年前你栽到了这个混蛋手里。

他倒抽着冷气，心里油煎火燎。

趁没人注意，他朝那辆车上狠狠踹了一脚，骂道：乌龟壳子王八蛋！

影子大笑。

车上突然传来警笛声，他一惊，下意识地一路奔逃。

一条幽深的巷子里，他停下来，心脏快要跳出嗓子眼儿了。他成了一只"水鸡"——全身大汗淋漓。

没出息！影子嘲弄道，掷给他一个眼白。

我不能栽第二次。他喘着说。

影子得意了：我可以撞他，可以骂他，但他浑然不觉，我因此安然无恙，皮毛无损。

我不是影子。他没好气地说。

正午，日头毒得像个泼妇，大地升起的烟岚使一切都变得影影绰绰，恍若蜃境。

影子说：到了。

那是一座城堡。壁立万仞的城墙把天地隔绝开来，无法洞悉里面的秘密。

他有点紧张，也有点兴奋。

进去吧。影子轻舒云袖，神秘的城门訇然洞开。

一座大殿，光色幽暗。他四顾茫然。影子看着他，又轻轻一笑，甩手一指，四壁无数小门开启：豪宅、靓女、血刃、面具……金光玉影，让他眼花缭乱。

它们都是你的了。影子说。

他怔了片刻，忘情地扑了过去……

四下陡然紫雾弥漫，他似入迷境，不知所以。

他寻找影子。但徒劳枉然。

我在这儿。一个苍远浑厚的声音自空中传来。

他循声仰视，但见影子通体幽蓝，顶天立地，遮云蔽日。

你……是我的影子？他颤抖地问。

不，影子摇摇头，现在，你是我的影子。

我是我的影子的影子……他若有所悟。

他不愿做自己影子的影子。

他想离开城堡。但四面八方到处都是影子，他找不到门。

挚 交

肖一达被"贬"到一个清水衙门之后，禹河就不再写东西了。

禹河和肖一达是挚交。确切地说，肖一达私下里称禹河为老师。两人都是靠笔杆子打下的江山，只是禹河出道早，文名远扬并以此进入市委宣传部，在本市站稳了脚跟，而肖一达则还是个文学青年，拿着厚厚的手稿向禹河请教。一来二去，两人已是拍肩兄弟般的文友了。肖一达很有天分，加之勤奋，作品很快一发而不可收，短短两年几已与禹河齐名。禹河对肖一达欣赏有加，亲自向有关要人力荐，遂使肖一达鲤鱼跳龙门，由一名建筑工人摇身成了市委秘书。

两人由此结下了更深一层的情意。

除了工作，禹河和肖一达几乎每天都要聚聚，赋诗谈文，饮酒品茗，极是默契。一晃二十余年过去了，工作几经变换，二人也都以廉政务实、平易近人的口碑走到了正处级的位置上，公务繁忙，但隔三差五的小聚仍是雷打不动，话题由诗文辞赋延伸到做官为人，推心置腹，无话不谈。

这年，市领导班子即将换届调整。禹河和肖一达都是热门人选。而肖一达推行的富民工程恰在此时大见成效，被上面树为典型。眼看肖一达的风头已经压过了禹河，却没想到肖一达突然被打入了冷宫。

肖一达约禹河去小馆子里浅酌几杯，禹河说，我这里正好有两瓶老窖，陈酿了，咱哥儿俩喝个痛快。

肖一达说，好啊。

二人见面时，心情都有些复杂，良久无语。

145

禹河终于感慨，宦海浮沉，祸福只在旦夕间哪。

肖一达说，没那么严重，自问良心无愧就是。如此也好，往后我有更多的时间写点东西了，我倒希望自己能活回过去。

禹河艰涩地笑笑，斟上酒，说，从此不提官场事，喝酒。

两人仰脖干了。

禹河又斟上。

肖一达眼圈红了，叹一声，说，只是，我总觉得有点不明不白，有时想想也别扭。

禹河良久没作声，末了说，落井下石，古来有之。

肖一达自嘲地笑笑，看，我还是不够豁达，本为一介文人，到底濡染了官场习气。

禹河说，这是情理中事，换了谁，也不会无动于衷。好在你君子坦荡荡，群众威望是谁也夺不去的。

肖一达感动地说，还是你懂我，有你这句话，我就彻底释怀了。

二人又喝了一阵。起身时，肖一达倒无事，禹河却醉了。

不久，禹河升任市委常委、宣传部长。又过两年，顺利地做上了市委副书记。

禹河是个好官，是个爱民如子的平民书记。为了工作，禹河废寝忘食，累出了一身病。

抽空，禹河也还是要和肖一达在一起坐坐。肖一达接连推出了几部有分量的作品，显见得散淡潇洒了，人也比过去更儒雅了几分。

肖一达说，你瘦了。

禹河盯着肖一达，良久说，换了你坐在这个位置上，也一样。

肖一达说，如今像你这样的官，不多了。

禹河摇摇头，一达，别这么说，我受用不起。

肖一达说，我说的是真心话。

禹河就仰望穹宇，沉默了。

末了，禹河说，我真怀念过去写文章的日子啊，可惜，现在我是一个字也写不出了。

肖一达说，你哪有这个精力呀？

禹河说，不，是心，文人的心是纯粹的，宁静的。我已经没有了那种心态……

肖一达看到禹河的眼睛里，有亮亮的液体在晃。

肖一达就在心里感慨一声，到底是文人风骨啊。

秋天，肖一达的一部中篇轰动全国的时候，禹河却一病不起了。积劳成疾，生命已无可挽救，只能暂时拖延几日。

垂危时，同事、家属和肖一达围在床前。

肖一达含着泪，紧握着禹河的手。

禹河像是积蓄了全身的力量，说，一达，我要走了，临走前，我必须向你做出一生的忏悔，否则，我死不瞑目。

肖一达怔了。在场的人都愣了。病房内鸦雀无声。

禹河说，知道吗？那年，暗里打击你的人正是我。我太看重了上面的位置，而你成了我最强有力的竞争者。我无法想象失意的滋味，于是，我将你曾经写的一首打油诗递给了决定我们政治命运的人。你太愤世嫉俗，你在那首诗里点名讽刺了几位主要领导，甚至表达了送他们进监狱的愿望……你怎么也不会想到，你把这首博我一笑的诗送给了你最信任的人，而我却出卖了你……

肖一达形同木雕。

禹河剧烈地咳嗽了一阵，接着说，从我如愿以偿升职之后，我也同时开始了漫长的忏悔生涯。那真是一种无法承受的折磨啊，我的心每天都被良知撕咬着……为了减轻负罪感，我拼命工作，竭力为老百姓多办点实事……一达，原谅我吧，让我干干净净地上路……

肖一达泪流满面，重重地点点头。

禹河微笑着闭上了眼睛。

肖一达庄重地站起来，向禹河深深地鞠了一躬。

在场的人，对着床上的遗体，也都深深地弯下腰去……

点 火

王志成烟瘾大。

王志成 34 岁以前是作家，写过几篇像模像样的东西，但也终究就是一个默默无闻的小作家而已。常言说得好，有心栽花花不放，无心插柳柳成行。34 岁这年，王志成奉命搞了个吹喇叭抬轿子的所谓报告文学，不成想，被市委要人一眼看中，从此混迹官场，扶摇直上，丢下笔杆，专心做官，直做到了一个处级单位的一把手，实在发迹得可以。

不过，王志成尽管蜕掉了文人气，换了一身官派，有一样却没改，那就是——抽烟。

没当官的时候，王志成口袋里总是不忘带火——从火柴到一次性打火机，再到充气式打火机。

至于烟嘛，有时有，有时无，这得看钱袋子的情况。文人一穷便酸，王志成也不例外，自个儿的烟自个儿躲在没人地方抽，到了熟人那里，尽量"抽伸手牌"的。一介酸儒，精神高大，何拘小节呢？

王志成也不白抽人家的烟，回报的方式只一样：眼疾手快地给人点火。哪怕对方已经拿出了打火机，就要打着，王志成还是坚决地把手中燃起的一豆火苗递过去，心中这才稍觉平衡。

当了小官后，王志成给人点火的老传统还没丢，只是境遇有变，口袋里烟也常备了，虽说牌子一般些，但总比过去蹭烟抽强多了。不想这个点火的老传统为王志成赚取了不少口碑，什么有礼貌了，谦虚稳重了，团结同志了……王志成几乎是两年一个台阶，蹦得比猴都快。

当了单位的副职后，三志成的打火机的使用率就有些下降了，口袋里烟的牌子也水涨船高。每每他掏出烟，就常有一束火苗飘过来。不过，他的打火机还是能派上用场——一把手也抽烟，他的打火机经常为他服务。

一晃又是两年，王志成坐上了第一把交椅。很快，名烟抽不完了，打火机成了口袋里的累赘。烟有人敬，火有人点。王志成的口袋空了，既不装烟也不带火，鼻孔里却总有香烟缭绕。

王志成的官场生活过得相当滋润。

遗憾的是，日头总有落山的时候。王志成老了，老了就得让位，就得退休。退下来后，王志成一时也没心思重新把笔捡起来——他找不到一点儿文字的感觉了。

这天，王志成一人到郊外闲步，想寻些闲情逸致。烟瘾上来，他下意识地把手伸进口袋——坏了，口袋里空空如也。王志成左右转了半天，也没找到卖烟的。这不是要他的命吗？三志成打着哈欠，咽着口水，恨不得捋一把树叶当烟抽。一条土沟里，一个老农刚刚解完大便，用土坷垃揩了屁股，惬意地抽着劣质的黑烟，提着裤子走上来。王志成像遇到了救星，急步奔到老农跟前，不好意思地开了口：

"老哥，能借颗烟抽吗？"

老农眯着眼，把王志成打量了一番，从口袋里摸出一支皱巴巴的黑烟：

"抽吧，别嫌孬就行。"

王志成从老农脏兮兮的手里接过烟，习惯性地叼在嘴里。老农把燃着的烟蒂递过来，王志成没接。老农说：

"咋？你人物，还让我给你点着不成？"

王志成恍然大悟，多少年没自己动手点过火了，都把这档子事忘了。他忙接过烟蒂，说：

"哪能呢？我正寻思着怎么谢老哥呢。"

对着了火，王志成深深地抽了一口，尽管又苦又辣，可这会儿，王志成却觉得特别过瘾，不亚于三伏天饮了杯冰镇啤酒，爽透了肺腑。

以后，王志成再也不忘装烟带火了。

数年后，王志成的口袋里只剩下了烟，火又没了。人常见他扯着小孙子，悠闲地散步。隔不多久，王志成就叼上一颗烟，然后俯下身，小孙子轻车熟路地打着火，恰到好处地为他点燃。王志成嘴里"嘶嘶"地，满意地拍拍小孙子的脑袋，抽得极是惬意。

血　蘑

1

传说：青白庄后山的坟园里出过一种蘑菇，色泽殷红，状若五指，是人冤死后厉鬼所化，人称"血蘑"。

多年来，血蘑未再出现。青白庄月白气清，安宁祥和。

2

某年九月，苦婶送儿子连明去车站。其时艳阳高悬，山野阒寂。

连明说："娘，别送了，回吧。"

苦婶说："娘再送你一程。"

连明说："娘，等我出息了，接您过好日子。"

苦婶微笑："娘现在这日子就挺好。孩子，上了大学，世面见多了，心别乱。"

连明说："记住了，娘。"

苦婶又说："不管啥时候，记住咱青白庄的规矩，清清白白做人。"

连明点头："嗯。"

苦婶默然片刻，望着儿子，终于停了脚，说："好了，娘不送了。你是咱青白庄第一个大学生，全庄人都看着你呢。争口气，别给青白庄人脸上抹黑。"

连明说："娘，放心吧。"

苦婶抓着儿子的手，扣得很紧，过了会儿，说："走吧。"

151

连明眼里晃着一团迷离，说："娘，您从小把我拉扯大，吃尽了苦……您保重。"

苦婶笑笑，没言语。儿子把她的视线渐渐拉长，拉出了一天一地湿漉漉的雾。

3

苦婶看到一个小伢仔在山路上捉蝴蝶。蝶舞翩翩，小伢仔在日光下镀了一身亮金。

苦婶看到一个憨厚少年，一边打草一边读书。书声琅琅，与青白河的水声相和，抑扬生韵。

苦婶看到一个英俊小伙，斯文腼腆，托腮静思。夕阳把他裁成一帧剪影贴在青白河畔。

……

连明上了几年大学，苦婶看了几年。那是连明过去的影子。

4

连明毕业分配到一个大城市的一个大机关。连明是高才生，且在校入了党，人才难得。

连明接苦婶："娘，你该享享儿的福了。"

苦婶眼角眉梢都是笑，但苦婶还是摇头："娘离不开青白庄。"

连明无言。

苦婶说："吃了皇粮，别忘了你的根扎在哪儿。"

连明说："不会，我身上流着咱青白河的水。"

苦婶只在儿子成亲时去过一次连明的家。儿媳贤淑，苦婶心里汪了一团蜜。

5

若干年后的一个秋日，苦婶鬓发花白，双目含泪，自缢于家中。

连明作了贪官，成了阶下囚。消息越过山山岭岭，黑蝶般栖落在青白庄的上空。河水呜咽，苍山憔悴。青白庄人脸上下了厚厚一层冷霜。

苦婶的坟头生出许多血蘑，青白庄一夜间被猩红浸染，血光滔天。

作孽哟！青白河淌着村人撕裂般的哀叹。

6

未久，一个青年悄然来到苦婶的坟前，长跪不起，号啕痛哭。

青年说："娘，我冤哪！我揭发几个领导贪污腐化的事实，反被栽赃陷害。现在，一切都澄清了，儿子做了反贪局局长，誓还人间一个清白。娘，您不该这么走啊！"

翌日，苦婶坟头的血蘑奇迹般一色青白。

村人浩浩荡荡，送连明踏上归途。

锁

自从单位装了办公电话，头儿就给电话上了锁：只能打本地电话，长途打不出。

"单位经费紧张，同志们多体谅。"头儿说。

我们只好点头。

这把锁还真灵，一个季度过去了，每月话费都控制在五十元左右，还不及一部家庭电话呢。

头儿很满意，也有些过意不去："哎，谁让咱们穷呢，从牙缝里抠吧，省下几个是几个，逢年过节的也好给大家发瓶洗发水啥的。"

我偷偷笑了，因为我看到头儿的脸红了。

不过接下来的事情发生了变化。到了第四个月结付话费的时候，一下子涨到了一百五十多元，比之前三个月，高得有些离谱。话费高在了长途上。起初我还以为是头儿干的，因为只有他有电话上的钥匙。真是只许州官放火，不许百姓点灯啊。可等我到头儿那儿签字的时候，头儿的脸却白了。

"长途，哪儿来的？"

"不知道……"我一时陷入困惑。

"莫名其妙！"头儿把话费单狠狠地拍在桌子上，"马上通知开会，搞清楚是怎么回事！"

人都到齐了，大家屏声敛息地坐着，看着头儿背着手，像头要踢人的驴来回徘徊。末了，头儿把腰一叉：

154

"说，长途，谁打的？"

大家都摇头，也是，电话明明是锁着的，谁有本事打长途呢？

"去电信局打个电话清单出来，好好查一查。"头儿吩咐我。

我去打了清单，长途次数并不多，但每次通话时间都很长。我向服务人员咨询，会不会有人盗打？或者是哪个环节出了故障。但服务人员的回答很肯定：绝对不存在问题。

头儿也没办法，叹一声，说："再观察观察吧。"

结果过了一个月，仍然有长途。

我再次去电信局查，还是一无所获。

头儿的眉头也上了锁，小小一部电话，竟罩上了一个谜团，真是活见鬼。

这天下班后，走到半道上，我忽然想起钥匙落在了办公室里，忙回去拿。刚到门前，就听到了里面电话发出的怪声，不是正常的拨号音，而是一种类似野鸭的怪叫。我驻足静听，小张的声音传了出来："喂，哥们儿，在广州混得不错吧？什么时候回来，好久没在一块儿聚了，想死你了！"

这不是长途吗？我破门而入。小张显然始料不及，惊得哆嗦了一下。他匆匆挂了电话，起身给我敬烟。我挡了，说："少来这套，我都听到了，你老实交代吧。"

"交代什么呀？"小张狡辩。

"广州长途！"我一字一顿。

看没法抵赖，小张只好把事情和盘托出。原来，电话上锁，却有"冲"开锁的秘诀：把免提和井字键同时按下，就能把锁"冲"开。

"真有这么神？"我将信将疑。

"试一下就知道了。"小张说。

我按小张的指点试了下，果然立竿见影。小张说："我没骗你吧。哥儿们，这事儿你知我知，可千万别给头儿说，那我可就惨了。走，我请你下馆子撮一顿。"

以后，我也瞅机会给朋友们打打长途，每次都屡试不爽。我暗叹，真是道高一尺，魔高一丈，锁得住电话，锁不住人的聪明才智呀。

只可惜好景不长，正得意时，头儿竟对全体人员宣布了一个爆炸消息："从今天起，我把锁打开，看看还有多少长途?"说着，当众打开了锁。

这下，谁都可以打长途了。

可是，谁也没有打长途。

一次无人时，我对小张说："哥儿们，怎么不打了?"

小张冲我挤挤眼："你先打，你打我就打。"

"好，你看着。"

我伸出手，放在电话旁。小张也伸出手，放在电话旁。我们对视良久，笑了。

不约而同，我们同时收了手。

渴　望

那个人老在我眼前晃来晃去。我寻思他至少这么晃了一个小时。他是个鼠头鼠脑的家伙，样子看上去阴郁而凶险。他的烟几乎从未断过，一支将熄，立刻续上一支。看得出，他脑子里肯定有什么想法，至于这想法是什么，吉凶难卜。

这里是城市边缘的一片旷地，人不多，我每天都习惯到这里坐一坐。长空中孤雁无痕，野草间流水无声。这挺好。其实我并不喜欢孤独，但在市人聚居的闹处，我却莫名其妙地愈加孤独。于是，这个相对冷清的地方，便成了我的选择。

意识深处，我想我不是逃离。其实，我在这里有时倒挺希望遇到一个人。但眼前这家伙，却让我心存疑惧。他的眼光幽幽的，犀利异常。每过一会儿，他就斜睨我一眼，让我不寒而栗。他究竟想干什么？打劫吗？看看四周，已经人迹寥落，我觉得我正处在某种不可预知的危险之中。

但我还不想回家。这时候，温暖的阳光洗着草叶，微风轻轻地揉着天上的几朵薄云。世界开阔而明朗。如不是这个突然冒出的家伙，我想我的心情会很不错。我祈祷着他赶快离开。

但是他根本没有走的意思。他间或会远去一些，但很快又踅转回来。他注视我的频率越来越高了。他的目光在某一刻被阳光镀得灼灼发亮。后来，他停下来，大胆地直视着我，有些掩饰地咳嗽几声。

我想我不得不走了。为安全计，这里尽管让我留恋，我却必须逃离。我几乎断定这是个心怀叵测的人，他的黑手或许随时都会伸向我。我的口袋里装着千余元现金，手腕上有块价值不菲的名表，其他还有手机什么的。我当然有被人洗劫

157

的理由。

我欠了欠身。就在这时，那家伙像是鼓足了勇气朝我走来。我一时心惊肉跳。我想我的犹豫也许会铸成大错：我八成是一个在劫难逃的猎物了。

我站起身，急走两步。那个人在后面叫住了我："老兄，不再呆会儿了？"

我本能地站住，回过头。我看到他脸上竟有了友好的笑意。

我说："你有什么事吗？"

他有些不好意思地搔了搔头，嗫嚅着说："其实……也没什么……我注意你很久了。"

"是吗？"

"是呀，差不多一个礼拜了吧。你天天到这儿来。"

"噢……我只是随便来走走。"

他像是放松了一些，掏出支烟递给我："老兄，抽一支。"我迟疑着接了，他为我打着了火。无意间，我也放松了很多，我想他或许并无恶意。

"咱们……咱们能再坐一会儿吗？"他用恳求的语气说。

我尚有疑虑："你究竟有什么事呢？"

他的目光一下子变得很柔软："其实……我只是想和你聊聊天。很久了，我一直找不到一个可以真正聊天的人。"

那天，我们一直聊到弯月高悬，开诚布公，无所不谈。末了，我们约定如无要事，每天都来这儿聊天。

回家的时候，他忽然问："老兄，能冒昧地问一个问题吗？"

"甭客气，尽管问好了。"

"你为什么天天来这里？"

"很简单，"我说，"和你一样，我也一直渴望找一个聊天的人。"

秋雨如泪

　　瘦老头说，一入秋，雨就下个没完了。

　　胖老头说，是啊，这雨下得人心里潮潮的。

　　小酒馆的窗外，秋雨淅沥。

　　瘦老头说，喝酒，还是二锅头来劲，暖身子。

　　胖老头说，喝，喝个痛快。

　　一碟花生米，一碟卤肉，两瓶简装二锅头，让两个久别重逢的老者感慨万千，在这个多雨的秋日。

　　瘦老头说，这么多年，漂来漂去的，真苦啊。

　　胖老头说，我晓得，那滋味不好受。

　　瘦老头的眼里就有了浑浊的泪，说，我就像只见不得天日的老鼠，活得还不如一个乞丐——乞丐毕竟还能在公众场合乞讨呢。

　　胖老头叹了口气，哎，当初，你就不该走那条路。

　　瘦老头说，还是你看得长远，现在一家乐呵呵的，没事逗逗小孙子，多好啊。

　　胖老头说，你羡慕了？

　　瘦老头说，羡慕？是啊，可只怕我连羡慕的资格都没有……

　　瘦老头就举起杯，独自饮干了。

　　胖老头又给他斟上。

　　瘦老头这时注意到了墙角一隅那个坐在轮椅上的白发老人。白发老人自斟自饮，看上去挺孤独。

瘦老头说，那个人怎么坐着轮椅来喝酒呀？一准儿是个孤老头子，怪可怜的。

胖老头说，他跟你一样，漂来漂去一辈子……他的腿受过伤，前年就不能走路了……三年来，他天天在这儿喝酒。

瘦老头说，同是天涯沦落人哪，叫他过来一起喝吧。

胖老头说，算了，咱老哥儿俩喝咱们的。

两个老头又对饮了一杯。

胖老头说，老哥，这次回来，还打算走吗？

瘦老头茫然地说，不知道。

瘦老头沉默了良久，突然有些激动，说，老弟，我多想有个落脚的窝啊！自打那年我偷渡出去后，没有一天不想家啊。有时我想，死在家里也比在外面躲来躲去强……可，我没这个勇气。我真后悔当初没像你那样，投案自首。要不，我现在也当爷爷了……

瘦老头的泪哗地流了下来。

胖老头的眼睛也红了，说，老哥，我敬你一杯。喝完了，我给你找个落脚的地方。

瘦老头一仰脖，干了。

胖老头说，再吃些肉，吃饱不犯愁。

瘦老头说，老弟，不知以后咱老哥儿俩还能再在一起喝酒不？

胖老头就良久不做声。

末了，胖老头站起身，默默地走到白发老人的身后，推着他的轮椅走了过来。

瘦老头呆呆地看着。

胖老头说，老哥，你仔细瞧瞧，还认得他吗？

瘦老头就仔细地打量着白发老人。渐渐地，瘦老头的眼睛直了。

你是……刘警？不怕死的玩命刘？瘦老头虚弱而惊惧地问。

胖老头说，就是他。老哥，你漂了这么多年，他为抓你，也漂了这么多年……还记得吗？他的腿伤就是你给他留的。他说，就算爬着，只要还有一口气，也要把你抓住……

　　瘦老头面色蜡黄，全身筛糠一样抖着。

　　胖老头说，老哥，原京我，我是玩命刘的线人……

　　瘦老头瘫软下来，像被抽去了筋骨一般。

　　白发老人终于开口了．说，陶老大，你被捕了。

　　许久，瘦老头惨淡地笑笑，说，好啊，玩命刘，我回家了，我再也不用到处漂泊了……

　　三个老人都哭了。

　　秋雨，如泪般滑下岁月沧桑的面孔……

阿昆的手机

阿昆病了，病得很重。

爹马不停蹄地找医生。医院的、江湖的都请了，阿昆还是神思恍惚。高考落榜后，阿昆就这么从早到晚在床上"挺尸"。

小妹说：哥得的是心病呢。

阿昆的脸就扭了扭，看着黑黑瘦瘦的小妹。阿昆发现早早辍学的小妹真的是长大了，懂事了。阿昆的眼角就滚落几颗泪。

小妹说：哥，一棵树上吊不死人哩。

阿昆说：那又咋样？

小妹说：进城呀。

阿昆的瞳孔就燃起了一豆火苗，可旋又暗下来了。阿昆说：进城做啥，咱是乡下人。

阿昆的心就马蜂蜇着般疼。

小妹说：哥，我知道你的心思。打工去呀，咱村黄毛不就在外面打工吗？

阿昆的身子一激灵，蓦地跳下床，破天荒抱了下小妹，便大步往外走。

那天，阿昆的病全好了。

站在城市的喧嚣中，阿昆有些茫然。阿昆没文凭，找不到轻松体面的差事。无奈，只得找了个灰头土脸、一身臭汗的杂活儿，月薪 400 元。

阿昆生得文弱，细皮嫩肉的，又长期在校园生活，一下子经不住力气活儿，一天下来，腰都要断了。阿昆真想撂挑子回家，可想了想，又咬牙忍住了。

阿昆无事时就看那些文绉绉、轩昂昂的城市人，看得痴迷。

开工资那天，阿昆不假思索地买了身新衣服，下了工，换上新装，再戴上学生时戴的眼镜，就活脱脱一个城市小帅哥了。

工友说：阿昆，你这副城市坯子是前世投错了娘胎，真有点可惜哩。

阿昆眉头微蹙着，不答。

钱攒得多些，阿昆偷偷买了个假文凭。几次去到那些很气派、很堂皇的地方，可到了门口，又返回了。——阿昆心虚得腿直打颤。

直到有一天，工友们发现阿昆的裤带上吊着个小巧精致的手机时，阿昆才胆壮些，把证件和资料交给了某玩具公司的人事部。一位姓张的先生说：请把您的手机号留下。

阿昆犹豫了一下。

这样有利于及时联系。——放心，无事绝不打扰你。

阿昆舔了舔嘴唇，很渴的样子。半晌，阿昆才说了号码。

回去后，阿昆就钻研起玩具来了，买了书，买了简单的原料。阿昆手巧，脑瓜也灵，很快就制作出了几种样子和性能都很特别的玩具。有时累了，就到大街上闲闲地散步，文质彬彬、气宇不凡的，真就招来了不少城市女孩的眼光。

一个月后，阿昆去公司打听结果。阿昆本不抱希望的，他想那个"文凭"准会给识破。结果那位张先生一脸遗憾地说：你是第一个被录用的，可打你的手机竟然是空号！

阿昆的脸白了，说：我可能说错了号码。

张先生摊开手说：没办法，你的位置已被人顶替，对于商家来说，时间就是金钱。

阿昆呆了。

阿昆失魂落魄的第三天，小妹来了。小妹像是一个精灵，总会出现在阿昆失意的时候。

小妹说：我来看看哥。

阿昆惨淡地笑笑。

小妹蓦地注意到了阿昆的手机，兴奋地说：哥，你有手机了？我就知道你会出息的。

阿昆面无表情。

小妹说：给我看看行不?

阿昆的腮帮抽搐了几下，把手机摘下来。

小妹小心翼翼地把玩着，良久问：哥，怎么打呢?

阿昆咬咬牙：怎么也打不得。

为啥?

它不是手机。

小妹大惑不解：那它是……

玩具!

小妹就笑起来，笑得弯下腰。笑够了看阿昆，心就一凉。阿昆的五官有些扭曲，很苦。

小妹的泪就下来了，说：哥，总有一天你会有一个真正的手机!

阿昆把目光抛向耸入云霄的楼宇，眼里闪闪烁烁的。后来，他接过“手机”，一扬手，丢到了远远的地方。

小妹无言。

阿昆踅身取出了自己制作的玩具，小妹的目光立刻被照亮了。买这么多？小妹问。不，我做的。阿昆很平静。

阿昆把一架“飞机”遥控送入半空，盘旋着，翻着筋斗。小妹拍着手，好开心。

阿昆说：妹，高吗?

小妹说：高，哥，它会飞得更高。

饥 饿

王二毛的爹是地主。

"地主崽子"有很长一段时间是王二毛的代号。

王二毛的日子难过，这可想而知。

少时的王二毛瘦得像一条野狗，眼里的光总呈现出食物的颜色。

王二毛在沉默的缝隙里总纠缠着两个字：

"我饿！"

有一天，王二毛眼中食物的光色渐渐暗淡成了一条森森鬼影。到底还是有好心人，偷偷掷给他半块馍，王二毛一口吞下，肚子里抑扬顿挫了一阵，那条鬼影又恢复了食物的颜色。

后来，王二毛长大了。

长大了的王二毛依旧龟缩着一副狗样，蜗居在一所茅草房里，独独的一人，没妻，没亲人。

王二毛的眼中也还是食物的颜色，锐利得逼人。

无活儿可做时，王二毛便蹲在一处，傻傻出神，入定了一般。

有人问："二毛，想甚呢？"

王二毛的眼睛左右开弓，射出两支利箭，说：

"我饿！"

光阴荏苒，王二毛老起来了。弓下腰，是狗的形，鼠的脸，眼睛里仍是食物的颜色，只是混浊许多。

王二毛蹬着一辆破三轮，沿街串巷，卖点调味料啥的，都很贱。人见他可怜，用得上的多买几包，用不上的买了备着，权当施舍。

一晃数年。

王二毛病倒了，要死了。村长带了数人，围在他身边。没亲没故的，送他一程吧，也免得他到那边太孤单。

村长说："二毛，有啥话，尽管说来。"

王二毛的眼里有了泪，泪光中还是晃动着食物的颜色，憋了半天力，说："我饿！"

话落，撒手而去。

村长帮他收拾遗物。在床下，找出一个化肥袋子，口扎得铁紧。打开，零零碎碎的，全是钱。众志成城地数了好一阵，竟是个不小的数目。

村人瞪了眼。

村长愣了会儿，问众人："这钱……咋办？"

都无语。死静。

最后一记钟声

老伴说："咱走吧。"

刘师傅说："等会儿。"

老伴把行李卷往胳膊肘挎了挎，说："还有啥事？"

刘师傅瞧着于继英，瞧了会儿，嘴唇颤颤地，说："我想再打一次钟。"

于继英笑了笑，笑出几斤尴尬："有我呢，您老放心走吧。"

"不，我想再打一次钟，真的！"

于继英瞧刘师傅不光嘴颤，腮帮也颤，就说："那好吧，我也跟您学学。"

刘师傅就走到那棵挂着钟的树下，瞧那口钟。老伴在一旁瞧他。这口钟已乞满了红锈。刘师傅对这红锈很熟，他记得自己每老上一岁，这口钟就多了层锈。只是几十年了，钟声始终没变。

于继英盯了会儿打钟的绳，又看着刘师傅，终于说："您在这儿为娃们打了一辈子钟，大家都忘不了您。"

刘师傅骨碌了一下喉结，没吭声。

于继英又说："您的梆子戏唱得真好，我特爱听。"

刘师傅"哦"了一声，算是应。

旁边一个教室里在上语文课，学生们在朗诵课文，嫩甜的声音像一群鸽子飞出来，直往刘师傅耳朵眼儿里灌。刘师傅就不自觉地把目光移到教室上。

于继英叹了口气："僧多粥少，这也是没办法的事。其实，我也舍不得您走。"

刘师傅又"哦"了一声，却有些喑哑。

于继英明白老头的心思，他不满，他无奈。为了安排她这个校长的小姨子，把刘师傅辞退了。尽管她也不愿这样，但又能顾及多少呢？

于继英看看表，提醒刘师傅："还差五分钟。"

刘师傅说："知道。"话音里流露出几分不满，用得着你说吗？我不看表，可时间盯得比谁都准。

刘师傅抓住了那根钟绳，手抖得厉害。于继英别过了脸，不忍看。刘师傅仰脸望着钟，像在默数着时间的脚步，倏然，手腕一拧，钟声便响了，很清脆，很悠长。

孩子们雀儿一样飞出来，有几个扭过头看着刘师傅，不知是否听出了一种别样的滋味。最后一记钟声响过后，刘师傅转过身，招呼老伴："走。"

于继英追了一步，又站住，冲两个苍老的背影说："以后……没事常来。"

刘师傅没吭声，阳光照在他脸上，一片泪珠晃晃地闪。

落 叶

　　林县令便装归来时，已是暮色四合了。

　　他感到很累，也未梳洗，倒头便睡。

　　第二天，林县令的两个眼圈都有些发黑。坐在堂上，也无案可审，便步出衙门，痴痴地看一天一地的秋色。

　　秋雨淅淅沥沥，已经很有了些寒意。雨中的枯叶，仓仓皇皇地从枝头坠下，红红黄黄铺了一地，极是萧瑟。

　　林县令就爱看落叶，看得入迷。

　　县衙里几乎都知道了这个穷县父母官的特殊嗜好，也没觉得有什么大不了的。此地本就山秃水浊，实在缺少神怡之处。

　　县丞马达默默地为林县令拣了些落叶，用前襟兜着。马达在县衙干了多年，送了数不清多少任县令，是个不折不扣的老人了。他觉得林县令与前任不同，虽只两年的共事，感触却是颇深的。

　　"老爷，你看。"马达把落叶呈给林县令。

　　林县令抓起一把，点点头。

　　马达看到林县令的眼睛里，晃动着两团幽幽的伤感。

　　中午时分，林县令留马达共进午餐。

　　"我们喝几杯。"

　　"老爷……"

　　"就这么定了，解闷儿。"

169

马达忽然留意想了一下，这才发现林县令近日多少是有些异样的，总一副郁郁寡欢的样子，好像有满腹的心事。

菜很简单，一荤两素，林县令夫人的手艺，地道的家常风味。

本地土产的烈酒，连干三杯。马达的头便有些晃晃悠悠，林县令的眼也红了，莹莹的发亮。

"马达。"

"老爷。"

"谢谢你给我拣了那么多的树叶。"

"这算什么呢……"

"哎……"林县令一声长叹，忽然逼视着他，"马达，你看我是个什么样的官呢？"

马达愣了一下。

"老爷不贪不占，是个清官。"

"不贪不占是真，但非清官，顶多一个穷官而已。"

"老爷无欲无求，是一个淡泊清高的官。"

"淡泊不假，但哪有清高可言？"

"老爷……"马达沉思了一下，"老爷便服私访，关心黎民疾苦，是个善良的官哪！"

林县令惨然一笑："苛捐杂税，征收不误。百姓照苦，黎民照穷。"

"那还不是依令行事？并非老爷的本意呀。您不还拿出自己的银子救济过灾民吗？"

"杯水车薪，于事无补。"

"老爷，"马达郑重道，"您别光这么说，您从不与贪官污吏同流合污，出泥不染，洁身自好，实属难得。"林县令只是摇头。

马达突然哭了，浊泪零落，说："我在县衙干了一辈子，您是我见过的最好的官了，老爷……"

林县令也潸然泪下："马达，我很惭愧。我居官多年，于国无功，于县无益，于民无助，于己无利，无是无非，平平淡淡。虽然良知犹在，却是随波逐流。我是好官吗？我其实是一个撞钟的和尚！"

"老爷，您言重了……"

二人都沉默了，半晌，喝干残酒，谁也没有吃一口菜。

林县令带马达进入内室，打开几口柜子。马达呆了。

柜子里全是落叶！

林县令满眼秋黄，喑哑地说："马达，我像不像一片树叶呢?"

"……"马达无言。

以后的一段日子，林县令更加沉默寡言，脸上蒙着层纱一样的忧郁。

不久，林县令病倒了。衙里不少人议论，林县令病得真不是时候，其时恰遇一个升迁的大好机会，皇帝想吃本地一种稀有土特产，名曰蜜菱，只要及时奉上，便可邀功请赏，扶摇直上。

只有马达只言不发。

这个季节，蜜菱或许尚有，但只在人迹难至处。万民出寻，亦同于大海捞针，为一颗蜜菱，搞不好要葬送成百上千条性命。

………

林县令死于一个秋雨潇潇的黄昏。那天，马达正好注意到衙门外梧桐树上的最后一片叶子落下了……

林县令的棺材里，铺满了厚厚的落叶。

171

土 烟

　　小李接到下乡驻村工作一年的通知时，我在一旁暗笑。你想，这个从小在城市里娇生惯养长大的奶油小生，天天西装革履的，能受得了乡下那股泥腥味？

　　果不其然，这会儿，小李那颗打着摩斯的溜光锃亮的脑袋，像个霜打的茄子似的，蔫了。

　　我几乎有点幸灾乐祸，老实说，我早就看不惯小李那股公子哥的"烧包"味，从头到脚的名牌，尤其抽烟，没有一包低于十元的，这回到农村，单独住宿，单独起灶，看他还牛气不？上面如此安排实在是正中下怀。但我却故意装出一副关切爱护的长者姿态，过去拍拍小李的肩，说："年轻人，不要想不开，你这是塞翁失马，下去锻炼锻炼没坏处的。"

　　我们这个科室里，我是科长，小李是副科长，所以我用这种语气讲话当属合情合理。

　　小李翻翻眼皮，灰着脸说："我要去穷山恶水当一年农民了……"

　　他那个嗓音，都快哭出来了。——而我差点没笑出来，忍得浑身憋得慌。

　　小李下去后，我觉得眼也净了，气也顺了，当科长的感觉很好，三天两头的到饭店撮一顿，兴致来了晚上还推推"长城"，试试手气。小李可惨了，手机一劲儿往回打，说村里给他安排了三间破瓦房，土垛的院墙也坍了，一人住在里面，晚上狗叫得兢兢战战的，吓得心揪成一个蛋，一眼也不敢眨，吃饭则自个儿煮方便面，上头有精神，不准到农民家吃饭，不准扰民……

　　"天昏地暗哪！"小李在那边一声浩叹。

我笑盈盈地说："慢慢适应嘛，这算什么，万里长征刚迈出第一步，考验你的时间还在后面呢。"说完，我就捧腹大笑。我敢断定这下子他熬不了多久就得当逃兵。

不出所料，没过半月小李就跑回来了，人整个瘦了一圈，眼睛下面还有了两个青色的小眼袋。

"是不是不再打算下去了？那可就等着受处分吧。"我表情严肃。

"我哪有那个胆？"小李苦笑，"我是回来买几条烟带去，在那儿连盒像样的烟都买不到。"

我能想象得到这小子困兽入笼般枯居乡下的情形，一面躁动不安地徘徊一面拿烟玩命，没准儿谁家的鸡窜进他的院，就得遭他一顿痛打……

"你也不要过分拿架子，当地群众抽什么烟，你也抽什么烟不行吗？这倒容易和群众打成一片。"我摆出一副谆谆教诲状。

"科长你不知道，"小李争辩道，"那儿的人都抽自己造的土烟，甭管什么纸，搓把叶子卷进去，大口大口抽。前天开两委班子会，我让烟，他们都不抽，一个个地比着吹喇叭筒。村支书抽得最凶，手和牙全是黑黄色，那烟，别说抽了，就是闻着也能呛人两眼泪！"

"习惯成自然嘛，没准儿你一抽还上瘾呢。"我继续逗他。

"说也怪，那儿的人都说抽自己的土烟提神、有劲儿，干活儿不累……跟兴奋剂似的。"小李似乎陷入了遐思，"我看老支书抽土烟，两只眼里就跟燃着两束火苗似的。"

"那你就赶快入乡随俗吧。"我简直有点迫不及待了，我想看到这小子手和牙都变成黑黄色会是个什么样子。

这次分别后，我竟好久没见小李，电话也慢慢少了。只听说他怪忙的，跑着给当地修路，还掏腰包扶持了几个养殖户。这小子手里有钱，掏几个不损皮毛。只是像他这种公子哥，哪来的心思为农民办事呢？这倒让我好生奇怪。

三个月后，小李又来了单位一次，裤腿上居然沾着泥巴，手指头也泛出了微黄，不过牙倒还是蛮白的。

"你还真成了半个农民了。"我说。

"没办法，那儿的乡亲们太厚道了，有好吃的隔三差五给我送，支书那么大年纪了，还整天颠着两只脚为村里跑事，要不帮他们干点什么，真叫人心里过意不去。"小李竟有些动情。

"是不是好酒好肉把你打发爽了？"

"没有，玉米糁儿汤也暖人哪。"

"得，干脆在那儿再为你讨房媳妇，你在那儿生根开花得了。"我有点皮笑肉不笑，我不相信这小子真能把自己的世界观改造了。

"科长你开什么玩笑啊，"小李脸红了，突然意识到什么，忙从兜里掏出一管喇叭筒，"这就是他们那儿造的土烟，我特意给你带回来了一支，你尝尝。"

我接过了那管又粗又长的家伙，放鼻下闻闻，有股燥烈的香，忍不住好奇心，就叼上了。只抽了一口，便把我的鼻涕眼泪口水全给逼了出来，老半天没退掉脸上的猪肝色。

"这是什么鸟玩意儿……这，这也是人抽的？"我把这支土烟扔地上踩了个粉碎。

小李神色木木的，为我倒了杯水，说："科长，我还得去几个地方联系畜禽加工的事，告辞了。"

我冲他摆摆手，嗓子痛得撕裂了似的。难怪这小子要回来买烟抽，那土烟抽几支还不要人命？

一晃一年就过去了，我也没怎么见到小李。原因是我在家休息了大半年，全是酒闹的，胃、肠、心脏、肝脏、胆囊、血液全给我找麻烦。没酒喝的日子可真不好受，我下定决心，积极调养，大把吃药，争取早日康复，重返酒场。

我再见到小李的时候是小李又接到一纸公文的日子，小李政绩突出，被任命为乡长。当地百姓还敲锣打鼓地给小李送了块匾，电视台、报社的记者围着小李转，这小子可真风光了。等忙活差不多了，我几乎是不假思索地跑到小李身边，恭恭敬敬地给他递了支烟——绝对的好烟，人家办事送我的，我一直没舍得抽，说："小李，啊不，李乡长，以后可免不了要到你门边蹭酒喝了。"

小李笑笑，从兜里掏出支土烟，说："还是这个提神、来劲儿，我已经上瘾了。"

小李打着了火，墨蓝的烟雾从他鼻孔里射出来，缭绕而上。他的眼睛里，真就有了两束火苗，灼灼地亮……

放羊的老人

老人回到家乡的时候，心里就有了种非常复杂的滋味。老人驻足于通向村庄的路口，久久不肯挪步。那条坑坑洼洼的黄土路织满了辙痕和足印。老人觉得，他的生命也像是给织进去了。

三月的春光很好，明媚、亮丽，油菜花绵延着热烈的灿黄，麦苗绿得无边无垠，湖一样地翻涌着一波波绿浪。村庄的轮廓袒露在宁静的阳光里，像一座沉睡的古堡。

是啊，几十年了，人老了，村庄还睡着，一如当年。

老人就感到一半亲切，一半沉重。

有个后生骑着车，拐上了黄土路。后生好奇地回头望了老人几眼，径直奔村里去了。自行车颠得厉害，后生就像是簸箕里的米，蹦蹦跳跳的。老人眼亮了一下，觉得这个黑黑的后生面熟，想了会儿，就想起了留柱老汉。可不，活脱脱一个模子刻出来的呢。

老人终于迈动了步子，极慢、极小心地走，好像要把脚下的路一步步丈量出来。一条两公里长的路，拉着几十年的距离呢。当年参军离开时，胡须还毛茸茸的——"小荷才露尖尖角"，而今，则已是"乡音未改鬓毛衰"的老朽了。

老人就暗自喟叹了一声，叹出了许多感慨。眺望村后的落凫山，郁郁葱葱的，有一带淡淡的烟岚飘飘袅袅。绿海中，仿佛蠕动着一片洁白的云朵，老人的心跳就加速了，好像听到了"咩咩"的叫声，那叫声是绿色的，绿得透亮，绿得甜润。老人的心便碧波荡漾了，周身暖暖的、燥燥的，好像看到了放羊的留柱

175

老汉，手里也便有了握着荆条梢的柔软，那鞭梢上沾着羊的体温呢。

两边的田里，不时有人朝老人张望一眼，又埋下头做活儿去了。老人向他们点头，想：后生们都认不得我了呢，老了，真的老了……

进村了。依旧是破房陋院，村口那棵老槐树也依旧枝叶蓬勃，只是树干皲裂着，存储了更多的风尘。

老人这时就看到了那个蜷靠在树根上的老汉。一张沟沟壑壑的脸，一杆斑斑驳驳的大烟袋。老人的心就"忽悠"一下，战栗起来了。

"留柱兄弟……"

老汉愣了一下，揉揉眼，又揉揉眼，霍地起身朝老人迎上来，混浊的眼里刹那间就有晶莹的液体晃动。老汉哑哑地说："富贵大哥……真是你呀！"

两个老人都张开了臂膀，到了近前却又僵住了。留柱老汉骨碌着喉结，两只粗糙的手无措地搅动着。老人不自然地理了下鬓角，颤颤地又叫了声："兄弟——"终于，两个老人忘情地抱在了一起，泪注入纵横的皱褶里，小溪样淌下来。

"你在省城里管着那么多事，连吃饭的空儿都没有，咋有空儿回来了?"

留柱老汉前年去过老人的办公室，那时，他去外省看上大学的闺女，结果路上钱被小偷扒了。他知道老人在省城，在一座很威严的大楼里……万般无奈，只好硬着头皮找到了老人。可那天，老人正要忙着开会，给了留柱五百元钱，就急匆匆走了，话也没能说成……

"退休了。"老人说。

"噢……退了好，该歇歇了。"

留柱老汉带老人进了他家，那个骑车的后生正在院里就着井水啃馍，狼吞虎咽的，腮帮鼓起老高。老人笑了，很慈祥，像见到了自己的儿子。

"这是我娃，昆山，当了几年兵，现在做村主任哩。"留柱老汉说，"昆山，快叫富贵大伯。"

昆山的脸都激动得红了："您……您就是富贵大伯?"

老人点点头，笑得更慈祥了。这后生，是块干大事的料。老人看得出来。

留柱老汉吩咐昆山又是杀鸡又是宰鸭的，老人说："不费事，吃顿家乡饭吧。"留柱老汉执意不允。老人说："多少年了，我真想吃咱们的菜馍馍、胡萝卜干哩。"留柱老汉犹豫了一下，就顺了老人的意。

老人吃得很香。

吃过饭，老人也不困，提议说："留柱，咱老哥儿俩去山上转转吧。"

"行。"

野树荒草漫山遍野，不明不白地茁壮着。没有羊，就只剩下寂寂的空旷。

老人说："还记得咱们小时候一块在这儿放羊的情形吗？"

留柱老汉说："哪能忘？"

"真想回到那时候啊！"老人的视野里，就出现了蓝天、白云、山雀和洁白的羊群……

老人站在一块凸起的石头上，望着破落的村庄，眉宇就紧蹙了。良久，老人叹息一声："哎，还是这么穷啊……我早该回来看看的。"留柱老汉也默默一叹，无话。

老人走了，带回一个存折。不久，有施工队来修路，还有企业来考察。村人都懵懂着。路修好了，企业也把这里确定为草药种植基地和畜禽养殖基地，村人还懵懂着，只是瞳孔里都有了两束火苗炽炽地跳动。

山上，有绿色的"咩咩"声水一样淌过村庄……

家 宝

山路盘盘绕绕，像羊肠子。

羊肠子上，行着爹和我。

我说，爹，路真长。

爹笑笑，说，儿啊，日后这路就短了。

我说，那是为啥？

爹拍拍我的肩，你走过这条路，这路就不是路了，最多算条你的影子；可对山里人，却是一辈子走不到头的路啊，那才叫长呢。

我似乎懂了，点点头。

这是我 18 岁的秋天，爹送我出山。出了山，我去省城上大学，而爹依旧顺着那条羊肠子，进山。

家里穷，我深知。所以，我习惯了俭朴的日子，从不敢破费。爹呢，也尽力地能让我宽裕点，隔段时间，没多有少，总会给我寄些钱来。捧着那些钱，就像捧着爹沉重的喘息。爹做活儿玩命，我非常了解这一点。我的泪水，常会不知不觉地滴在那叠钞票上。

有次，宿舍的凳子坏了，我抄起家伙，叮叮当当很快就修好了。同学们都很惊讶，纷纷问我这手"绝活"是从哪儿学来的。

我说，爹教的。那一刻，我心中升起了一种异样的自豪。

你爹是木匠？

对，我点点头，山里有名的木匠，这手艺我家已经传了好多代了。

178

说到这里，我意识到，我家的木工手艺到我这里可能就要断代了——显然，我将来不会去做木匠。

大学毕业后，我以优异的成绩进入了政府机关工作，也是天意，我服务的那位地级领导对我极是赏识，靠着他，我几乎是"拔苗助长"般地扶摇直上，不到 35 岁，我已是县级干部了，手里的那个印柄，很有些分量。

春节，回乡看爹。小车颠簸着，载了好多礼品。以车代步，路果然显短了。小车入村，亮了一村人的眼；车里钻出的我，喜出了爹的眼泪。

酒过三巡，爹说，儿啊，你能有今天，咱家真是积了八辈子阴德。

我举杯，说，爹，我敬你。没有你，就没有儿的今天。

爹痛快地把酒饮了，忽地冲先祖的灵位作了个揖，说，各位列祖列宗，咱家传木工手艺从此不传后人，另有家宝相传，幸哉。

说着，爹的老泪又潸然而下。

我不知爹说的"另有家宝"是何物，懵懂不语。

这年秋天，我要主持实施一项大的建筑工程。消息一出，就有人私下找我，以百万元巨款相送，只需我一句话，事就成了。说真的，百万元，这么大的数字的确让我眼热。我们家穷了一代又一代，从没见过大钱，而今，我就要拥有这笔唾手可得的财富了。可这样做的后果，以及难以设想的工程质量，又让我举棋不定……

我说，我再考虑考虑。

没想到，第二天，那人就又找上门来，数额竟从百万元上升到了 150 万。无疑，我的"考虑考虑"让他误解了……我沉默了很久，最后，我颤抖地拿起了笔……

就在这一刻，电话响了。我听到了一个惊人的噩耗：爹病危，要见我。

太突然了，我顾不得其他，撂下笔就奔了医院。爹躺在病床上，脸色很难看。娘说，爹得的是急症，说不行就不行了……

我一把攥住爹的手，泪水簌簌滑落。可怜的老人，还没怎么享着我的福呢。

爹看着我，眼里渐渐有了精神。爹说，儿啊，爹快走了，爹想给你交代几句话。

爹，你说！

咱家世世代代，就出了你这么一个端国家饭碗的，不易啊！爹嗓音发抖，这饭碗，就是谁也买不到的家宝，儿啊，你要端好这个饭碗，对得起这个饭碗，千万别做砸国家饭碗的事……把这件家宝，好好传下去吧！

爹！我痛哭失声。那一刻，我感到爹的手好重，而我的肩上，也一样重比千钧。

犁铧套在牛身上

犁铧套在牛身上，套了一代又一代。

牛过着被人奴役的生活。

牛犁田耙地，埋头耕作，得到的犒劳是一把草料。

更多的时候，人赐给牛的是鞭子。

有一天，一个人发起了一场革命，使牛得到了解放，和人享有平等的权利。

这天，牛呆在棚子里，依旧等待着人的驱使。

良久，人没有来。

牛就六神无主。

后来，人终于来了，说："牛，缰绳早已给你解开了，你自由了。"

牛站着未动。

人说："你解放了，我不能再驱使你。做你想做的事吧。"

牛依旧站着未动。

人拿起鞭子，走近了牛。牛以为人要打它，就做出本能的姿势：垂首耷尾，接受鞭子的洗礼。

但是，人把鞭子折断了。

牛听到鞭子断裂的清脆响声。

牛就很奇怪，并且惶恐起来。

人说："瞧，鞭子都断了，以后你就完完全全自由了。"

牛不知该何去何从，一脸的困惑。

人说："走吧。"

牛问："去哪儿？"

人说："去你想去的地方，做你愿做的事——包括我们人做的事，你也可以做。"

牛默然良久，说："我不知该做什么。"

过了会儿，牛又说："我只会犁田。"

人摇摇头，无话。

人到底放走了牛——或者说，人不敢再留牛呆在自家的牛棚里，违法。

过了几天，牛又回来了，面色凄惶。

人很诧异。

牛恳求道："我还留在这儿，行吗？"

人说："你还跟着我？"

牛点头，说："我离开你无法生活。"

人说："那好吧，你得承认你是自愿的。"

牛说："我自愿。"

人想了想，说："这样吧，你想去哪儿？我带你去。"

牛不假思索："田里。"

人说："干吗？"

牛说："犁田。"

人说："这我不能，以后我得靠自己犁田。"

人牵着牛来到田边，让牛歇着，自己到田里犁地。

牛现出很痛苦的样子。

身负犁铧的人也现出很痛苦的样子。

牛瘦了。

人也瘦了。

后来，幸亏又搞了一次公决，牛也参加。结果，一致赞成恢复人对牛的奴役。

人做了一条新的鞭子，结结实实地抽在牛身上。

牛一阵战栗。

人重又给牛套上沉重的犁铧，喝一声："干活儿去！"

牛摇了摇尾巴，觉得这声音极亲切。

之后，牛就激动地长哞一声，欢快地下田了。

真好啊！

牛感到今天的阳光格外灿烂，让它的生命殷实而温暖。

恩　人

曹贵是章武的恩人。

章武七岁那年，在河边玩耍时不慎坠入湍急的河水。正在附近放羊的曹贵一个猛子扎进去，费了半天劲儿把章武救了上来。曹贵上岸的时候，呛了一肚子水，吐得直翻白眼。

当晚，章武娘带着章武，挎了一篮子鸡蛋，给曹贵磕了几个响头。章武娘说，儿呀，记住，这是你的救命恩人哩。曹贵说，没啥没啥。

以后，逢年过节，章武娘都要扯着章武，捡家里最金贵的东西，去谢曹贵。曹贵先还客气，后来就习以为常了。

有一年，曹贵得了场病，章武娘母子俩前前后后照应着。曹贵病愈后，干不了力气活儿，章武娘说，章武的一半命是你给的，他又老早没了爹，往后，他就是你的半个儿子。曹贵说，看你说的。不过话说回来，为救你儿，我差点把命丢了哩。

十几岁的章武，便常常幼犊一样，忙在曹贵的田里。

曹贵渐渐地游手好闲起来，终日东游西逛，嘴还特别馋。曹贵转到章武家，对章武娘说，这几日心里发慌，老想喝个酒哩。章武娘说，他贵叔，你坐着，我去给你打。曹贵就跷起二郎腿，悠悠地等。章武娘打酒回来，曹贵又盯着院里一只老母鸡，说，你可真是个持家的好手，瞧把这鸡喂得多肥。章武娘说，他贵叔，我把它杀了，给你下酒。曹贵说，那可使不得。眼却不离母鸡一寸。章武娘说，不就是只鸡么，算得了啥。

　　章武长大了，挺棒的一个小伙子。这年，章武去外面打工。章武娘说，挣了钱别忘了你贵叔。章武说，我知道。

　　章武给娘寄钱的时候，也不忘给曹贵寄些。

　　曹贵老婆嗜赌，总输。没了本钱，就找章武娘，一迭声说，手气可真背，输得肚皮贴脊梁了哩。章武娘便拿出钱来，说，妹子，不多，先用着。曹贵老婆说，过几日就还你。章武娘说，还啥？孩儿的钱不就是你的钱。

　　转眼，曹贵的儿子要娶媳妇了。曹贵就晃晃悠悠地来到章武家。曹贵说，武他娘，这阵武在外咋样？章武娘说，他叔，孩子一切都好，你放心。曹贵说，武是我搭出老命救的呢，孩儿离家在外，少不了牵挂。章武娘说，孩儿也惦着你呢。曹贵说，这就好。眼下我儿娶媳妇，急等钱用……章武娘便把章武寄回的钱都给了曹贵，说，家底都在这儿了，你拿去吧。曹贵捏了捏，嗯一声，走了。

　　过几日，曹贵又来了。曹贵说，钱还缺一大块呢，如今娶个媳妇，咋着不也得三几万的。章武娘有些为难，说，他贵叔，我这儿实在拿不出了。曹贵说，给武发个电报，叫他想想法儿。章武娘张张嘴，没话。

　　钱寄回来的时候，外百却来了信，说章武病了。章武娘心急如焚，忙去了车站。见到章武的时候，章武脸色惨白，手也只剩了一只。工友说，章武去卖血，干活儿时打不起精神，手给机器轧了……娘抱起章武的残臂，泪如雨下。

　　章武没跟娘回来。章武说，我这算工伤，老板会赔我一笔钱的。老板还答应我，让我看仓库。

　　一日，曹贵喝了些酒，红着脸来到章武家。曹贵说，听说武出了事，哎，要是我在，他就不会……章武娘流着泪，说，蒙你操心了。曹贵说，我不操心谁操心？我把武看得比我亲儿子还亲哩。曹贵咳了一声，又说，听说，那边赔了一笔工伤费？章武娘犹豫一下，没言语。曹贵说，这阵子，家里不是这事就是那事，穷得揭不开锅呢。章武娘说，我这儿也不宽裕。曹贵就瞪了眼，说，咋？怕我跟你借钱？不认我这个恩人了是不？别忘了，要不是我，章武早没命了！

　　章武到底被辞退了。回到家，也做不得田里活儿，整日便闷在屋里，发呆。曹贵时时来，说，武，我欠了人家酒钱哩。武，我欠了人家烟钱哩。武，我儿子买车缺钱哩……

　　章武娘终于沉不住气了，说，他贵叔，总得给俺留几个吧。曹贵青着脸说，你这是啥意思？章武娘说，武都这样了，总得成个家吧，哪样离得了钱？曹贵说，你这话好像我就是冲着钱才救你家章武的。别忘了，为救你儿子我差点搭上了老命！章武娘说，这恩俺不忘，这些年俺也还得差不多了吧？曹贵跳了起来，说，这是人话吗？一条命啊，你一辈子还得清吗？

曹贵出了门，就在村里嚷开了，什么忘恩负义了，良心让狗叼了，这世上做不得好人了……曹贵老婆也来助阵，两人把个村子搞得沸沸扬扬的。

章武娘就哭。

章武闷着头不做声。

夏天的一个晚上，章武去找曹贵。章武说，叔，这儿有两千块钱，你拿着。曹贵说，你这是干啥哩。就把钱接了过去。章武说，叔，我买了酒菜，咱俩去河边遛遛，喝喝酒，说说话。曹贵笑了，说，好，我就知你娃是明事理的。

章武就在前头走，到了河边，两人坐下了。章武把一瓶酒递给曹贵，说，叔，你喝。曹贵就咬开盖子，对着酒瓶喝。章武说，叔，你救我一条命，我知恩。曹贵说，知道就好，人活着，都得讲个良心。章武撕了条鸡腿给曹贵，说，叔，你吃。曹贵嚼得叭叽叭叽响。一瓶酒很快下肚了，曹贵也摇摇晃晃的了。章武说，叔，喝好了吗？曹贵说，喝好了。章武说，吃好了吗？曹贵打了个嗝，说，吃好了。章武说，吃好喝好，好上路。说着，章武猛地一推，曹贵就掉到河里去了。

那正是当年曹贵救起章武的地方。

元 宝

武贫寒日久，是夜，忽做一梦，得元宝一坛，灿然夺目。武喜极而醒。

翌日，武以梦中之境寻之，日暮，遍寻无所获。立于村后荒山，颓然泄下一泡长尿，尿落处，冷不丁现出一罐状物。武急以手掘土，乃一陶罐，启盖，金光四射——果一罐元宝也！

武满手尿泥，捧元宝细观，不由浑身战栗，连叹："天赐也！"

待天黑无人时，武以旧褂包罐，蹑足而归。

武七日无眠，闩门自笑，然未敢开怀，恐惊动四邻。

村人见武不事稼穑，怪之，问其何故，武答："身有恙。"急去。

武抱罐浮想，先娶一娇妻，尝尽销魂之乐；否，应先盖一深宅大院，鹤立鸡群，方显豪富气度，每日酒肉，吃尽人间佳肴，令干瘪之躯尽快饱满起来，人前才可轩昂……思之，如临其境，窃笑不已。

然武很快大悸，疑四下草木皆兵，夜闻风吹落叶声，心跳骤然加速，悚然观望，无人，方安。速藏罐，无价之宝焉可被贼盗去？先藏于房梁之上，嫌其暴露；置于床下，又恐不秘；埋于地下，亦不妥，若墙外有眼，伺机掘去怎好？

……武苦思冥想，终有妙计，将老墙凿出一洞，罐藏其中，再以泥沙掩之，何其天衣无缝！武遂凿之。

夜深，邻人闻叮当之声，甚异，起身问曰："何事？"武大惊，颤然答曰："捉鼠。"

于是，武再不敢将罐藏于任何一处，每日抱于怀中，眦目，竖耳，警惕四方

187

动静。村人久不见武，入其家，见武神痴若傻，面黄如蜡，身形憔悴，行为怪异，疑之神经大抵非常人也。

某夜，武倦极混沌，忽闻院中一阵窸窣之声，惶然开门，抱罐冲出，一黑影倏忽扑来，武仰倒，大嚎：“贼！休夺吾之元宝……”

罐落地上，粉碎，武急以身压住元宝，瓦砾划破手臂，血涔涔流出。黑影绕武一圈，摇尾而去，原是邻家黑狗。

良久，武起身，捧元宝于手中，那元宝竟断作两半，细观，乃是瓷块。武大愕，急将元宝揣进屋中，灯下细观，果为瓷块镀色而成，不知何人所为。武泪如泉涌，哭诉：“元宝！吾之元宝，定是方才那贼偷梁换柱，天哪……”

武直哭到星隐日出，痛不欲生。

武从此终日东奔西走，逢人即问：“见吾之元宝乎？”

后，村中一老者秉其祖传之技，仿做假元宝若干，交于武：“尔之元宝在此。”

武一把夺过，紧抱怀中，长笑不止，气绝。

鼠 人

马六和狗二去田里挖鼠。

田野一片金黄。马六在一道地埂边找到一个洞，对狗二说："瞧，这下面一定有只大田鼠。"

"嗯，一定，一定还有不少粮食。"狗二说。

马六就一锹一锹挖起来，挖得很痛快。挖一会儿，洞口越来越粗，狗二说："操，哪有这么大的田鼠洞？"

马六扔了铁锹，说："我进去瞅瞅，没准是个大肉鼠，抓了炖着吃，过瘾！"

狗二有点担心："别，万一是条蛇呢……"

马六剜他一眼，说："一条蛇能把老子怎样，你忘了我是捉蛇的行家。"

形如蛇身的瘦马六就将头扎进洞中，一点一点地钻了进去。胖胖的狗二望着马六的尖屁股渐渐消失在洞中，突然感到一股寒气，心里一个劲儿发冷。

狗二喊道："马六，快出来吧！"

洞里传出马六瓮声瓮气的回答："还没到底呢。"

约摸过了二三十分钟的时间，马六才进入一个较为宽敞的空间。马六估计这里离洞口至少有两丈，他朝四周环视了一眼，看到墙角堆满了花生、麦子、大豆、玉米……，西墙根有一张硕大的鼠床，上面一只肥鼠正在酣睡，还打着细微的呼噜！

马六不由感叹一声："好一个世外桃源哪！"

马六叫醒了肥鼠，肥鼠看到人，有些惊吓地往后躲。马六说："你别怕，我

189

不杀你，咱们作个伴儿，怎样？"

肥鼠显然修炼多年，已懂人语，以尖细之声回答："好的，好的……"

马六一屁股坐到鼠床上，十分绵软舒适。他拍了拍肥鼠的脑袋："以后我就住在这儿，你再搭个窝，如何？"

"好的，好的。"

"以后你负责采购，我做后勤工作，知道吗？"

"知道，知道。"

这时，外面又传来狗二焦灼的喊叫："马六——你怎么样了？快出来吧！"

马六拉长了嗓子回答："我挺好——以后就不走了——你回去吧！"略一思忖，又补充一句，"替我保密。"

马六没听到狗二回答，良久，吩咐肥鼠说："你出去看看，有个胖子还在不在？"

肥鼠动作竟极伶俐，须臾返回说："报告，没人。"

马六点点头，吁一口气，露出一脸满足的微笑。

此后，马六和肥鼠相处融洽，俨然一对人鼠伴侣。马六告诉肥鼠何处有酒，何处有肉，何处产蛋，何处出油……一载载风霜雨雪，洞内始终温暖如春，酒肉丰足，胜过神仙生活。

马六胖了。

次年，食物骤减，别说酒肉，就是麦子、玉米也愈来愈少，难以果腹。肥鼠明显瘦了，有气无力地说："人间闹饥荒，怕是难过冬天了。"

马六把牙咬得咯吱咯吱响："我不管，你要想尽办法弄到吃的，不然我杀了你！"

肥鼠战栗着说："嗯，我想办法，我想办法。"

终于，肥鼠空手而归，洞内再无充饥之物，饥肠辘辘的马六盯着骨瘦如柴的肥鼠，握紧拳头，忽然一拳砸下，肥鼠惨叫一声，抽搐着身子，一会儿腿便僵直了。

马六生吞了肥鼠，连毛都没去！

这里呆不下去了，马六决定回到人间。他伤感地最后回望了一眼安居数载的鼠房，艰难地往外爬去。由于体肥，他只得用手抠着泥土，加宽通道，费了九牛二虎之力，才爬出了洞口。雪亮的阳光使他赶忙闭上眼睛，头痛目眩，倒在地上。

待他睁开眼睛时，眼前的情景让他惊呆了：一群人正手持铁锹、锄头，朝他步步逼近，为首的，正是瘦骨嶙峋的狗二。马六下意识地打量了一下自己，这才惊觉自己已在不知不觉间变成了一个鼠脸鼠身的鼠人！他声嘶力竭地叫着："我是——"可没有叫到底，狗二的铁锹已经像一片乌云，蓄满了愤怒和杀气朝他压了下来……

人们吃了马六的肉，围着篝火，终于捱过了那个肃杀的冬天。

蚌 道

　　爷躺在露着棉絮的破被子里，多皱的脸蜡黄蜡黄。爷的气喘得又低又急，两只混浊的眼睛盯着少年。

　　少年拉着爷干硬的手，眼里有水珠晃动。

　　少年说，爷。

　　爷的嗓音很沉，爷说，去吧，去河滩。

　　少年说，不，我陪爷。

　　爷说，去吧，去河滩。

　　少年说，爷好了一起去。

　　爷说，去吧，你看看天。

　　少年就扭脸望望窗外。少年望到天上的云，少年知道要下雨了。

　　爷说，去吧，多捞些。

　　少年说，好吧，爷等我。

　　爷说，路铺好了，爷的病也就好了。

　　爷就艰难地笑一笑，少年也笑一笑。

　　少年走到院外，院外是一条乡邻来往的土路。路坑坑洼洼，不好走。已经有一段铺上了蚌壳，坚硬的蚌壳密密麻麻地铺成一条甬道，人走了就不踩泥，就不跌脚。少年记得去年一位老奶奶在这条路上摔倒的情形，那时下雨，老奶奶脚下一滑，就摔倒了，躺在床上再没能起来。于是爷就牵了少年的手，去河滩捞河蚌，用蚌壳铺这条土路。

爷说，铺吧，也是修行哩。

天上的云压得极低，少年就飞快地去了河滩。河滩不远，沙地上有许多河蚌。

少年撅着屁股拣了一篮子，就跑回来，认真地接着原来的蚌道铺下去。

晚上，爷的气喘得更急了，大人都围在爷的跟前。爷的目光寻找着少年，少年拿着几个蚌壳过来了。

爷说，铺多远了？

少年说，快了。

爷说，铺吧，铺吧。

少年说，我铺好了，爷先走走，看行不？

爷说，行。人这辈子不就是给自己铺路嘛，铺吧，铺条好路。

少年看到爷的眼睛里放射出一种异样的神采。

第二天，少年正铺蚌壳的时候，听到大人们的哭声。

少年就"哇"的一声奔进院子。

坟落起了，少年跪在坟前，少年听到爷的声音：铺吧，铺条好路。

蚌道铺好的时候，下雨了。雨很大，蚌道上却没一点泥土。

少年站在雨里，少年的泪水和雨水融在了一起。

少年轻轻地唤，爷。

少年看到爷踩着蚌道，微笑着向他走来了……

孙一刀

　　乌龙河如一条玉带，裹了柳村静静地流了百年千年，沧桑老人般地昼夜絮语着柳村的故事。

　　河畔的大青石上，常有清亮的磨刀声肢解着岁月的脉络。

　　磨刀者乃一身形瘦小的斜眼男人，形神猥琐，其貌不扬，手中的长刀却是锃明瓦亮，削铁如泥，绝顶的好刀。

　　此人是柳村方圆有名的人物，号称孙一刀。孙一刀虽是貌不惊人，却有一手绝活：杀猪。再难对付的猪，只要孙一刀手起刀落，那猪便即刻倒地，血喷如泉。挥刀切肉，那肉里竟无半点淤血。非但如此，孙一刀还是一方名厨，村里村外红白大事都少不了他。孙一刀手快技高，不多时，盘盘盏盏便可上桌，且味美爽口，食者品咂一番，时过三日尚满口留香。

　　为此，孙一刀便是柳村的一个人物。每次杀猪主厨之后，便免不了提上一挂猪下水，拎两瓶酒揣几盒烟悠然而归。家中老少便也跟了孙一刀喝了不少的油水，把日子过得滋润殷实。人见孙一刀家的菜锅从来是漂着厚厚一层油花的。

　　孙一刀极爱惜他手中的长刀，每次事毕，必到乌龙河将刀仔细洗刷，再于大青石上反复打磨。那刀不知杀了多少的猪，却竟嗅不到血腥味。磨好装入刀鞘，斜插腰间，不染一丝风尘。孙一刀视刀如命自有其理由，此刀乃其传家之宝，孙家世代以杀猪为生，一把宝刀辉映了孙家先辈们的荣耀与辉煌，到了孙一刀手中，焉能不倍加呵护，将它子子孙孙地流传下去？

　　一把杀猪刀走遍天下。孙一刀不仅凭此刀维持生计，且以此刀成家立业。当初，他父亲手握长刀声名远扬，衣食无愁，有人便与父亲为年幼的孙一刀订下娃娃亲，生怕让别人抢了这个未来的乘龙快婿。斗转星移，孙一刀长大成人，却生成一副难立人前的猥琐模样，走路总偏着脑袋方能正视前方。然而娃娃亲早已订下，人家如花似玉的大姑娘还是让孙一刀用头毛驴接了来，美美地睡觉养娃度日月。村中老少就叹孙一刀艳福不浅，村长黄二毛说："一刀你鼠模狗样的倒讨了这么个标致媳妇，你小子的命可真不赖啊。"

孙一刀笑而不答。

人前的孙一刀从不自恃技高艺精，反倒显出几分自卑，许是自小形象不雅受人不屑之故，成了家出了名，孙一刀见人仍是一副毕恭毕敬样，远远地赔笑搭话，见了村长黄二毛还要弓背哈腰递烟点火。黄二毛是柳村一霸，家大势大，上头还有靠山，平日里做些拈花惹草、欺弱凌小之事也无人敢惹，孙一刀亦不例外。况且孙一刀一向谦卑，从不惹是生非，事事让人三分。村中赵老爷子常对孙一刀说："一刀你可真不像你爹的种，想当年，你老子活着的时候不光杀猪，连人也敢杀，谁敢说他一个不字？"

孙一刀还是笑而不答，似在听一个传说。

这样的日子有吃有喝，相安无事，孙一刀觉得蛮好。

一日，有人唤孙一刀做厨，孙一刀便照例揣着刀偏着脑袋去了。回来的时候，天已黑下来，一勾弯月送孙一刀优哉游哉回家。

院内一片漆黑，平素家里从没这么早熄灯，孙一刀觉出些蹊跷。孙一刀进了大门，又蹑足来到房门前，正欲敲门却听出些异样的响动，伴着人的喘息和呻吟。孙一刀愣了片刻，一股凉气便沿着裤管往上钻，直冷到牙根。他憋足丹田之力一脚踹开房门，顺手把灯拉亮，床上两个赤条条的身子立刻扎痛了孙一刀的双眼。村长黄二毛显然始料未及，半晌从孙一刀老婆身上爬下来。老婆瞧见孙一刀，捂着脸呜呜大哭起来。

孙一刀手中的一挂猪下水哗然坠地，溅了满地血腥。

黄二毛到底是老手，很快镇定下来，讪笑着说："一刀你回来了……我正准备请你明儿个到我家喝酒呢。"

孙一刀木立不动，如同泥塑。

黄二毛提上裤子下了床，走到孙一刀跟前，低声说："这事儿你知我知天知

195

地知，外人不知，以后有啥难处跟我打个招呼，我姓黄的一定办到。"

孙一刀仍然僵立如故，全身却在筛糠样抖。

黄二毛走出房门，急急朝外面走去。临到大门口时，孙一刀陡然怒狮般吼一声："狗日的，给我站住！"

黄二毛转过身，孙一刀已经站在眼前了。黄二毛脸上露出凶相："你想干啥？告诉你，老子搞了你的女人，你又能把我怎样？"

孙一刀咬着牙，不语，右手缓缓落在腰间，片刻但见一道寒光闪电般切开月色，黄二毛的惨叫便在柳村的夜空凄厉回荡。

"当——"的一声，孙一刀手中的杀猪刀掉在地上。

黄二毛跟跟跄跄地融入了夜色。

孙一刀用布包着那把传家宝刀和黄二毛胯间的物件来到乌龙河，跪下磕了三个响头，喃喃道："脏了宝刀，有辱先人，不肖子孙孙一刀在此谢罪了……"遂将布包甩入苍茫河水，背转身，两行清泪滑过双腮。

当晚，一夜渔老者见孙一刀拉着老婆孩子沿乌龙河逆流而去，其时正是子夜。

自此，柳村人再未见过孙一刀。

蜗牛的道路

下了一场雨，蜗牛兄弟决定从低洼处搬到高岗上住。

兄长叫大，弟弟名小。大和小动身启程。

这是一片腐殖质的土地，由于积水而举步维艰。大在前，小在后，每一步都走得谨小慎微。

大说，小，跟上。

小说，跟着呢。

大说，路不好，当心。

小说，哥，你走在前，你也当心。

但大刚刚爬在身下的一根枯枝突然折断了，大重重地摔在地上，蜗牛壳坠着身子，好久没爬起来。

小叫了声，哥！

小不顾一切地奔过去，帮大站稳了身子。大一脸泥土，很狼狈。大定了定神，冲小不好意思地笑笑。

大说，看看，路途险恶呀。

小默然良久。

后来，小说，哥，咱该扔掉身上的壳。

大说，为啥？

小说，我们要走远路，拖着它是个累赘。

大说，咋能这么说呢？

小说，难道你不觉得？

大说，你还小，不懂事。大顿了顿又说，其实我也知道是个累赘。

小说，既然这样，干嘛不丢了它？

大说，问题就在这里，有时你明知是个累赘，可你还得背着，没坏处。

小说，这是啥道理呢？

大说，给你讲不清。我们蜗牛一辈一辈都是这么过来的，身到哪儿，壳到哪儿。惯了，也不算啥。

小说，就不能重新造一个？

大说，不能。大看了看小又说，小，你可真荒唐。哎，你到底还是小啊，尽瞎想……

小低头不语。

大说，走吧，路还长着呢。

小说，是啊，路还长着呢。

大和小接着往前爬。

爬了好久，大回头望一望。大的目光越过了小，望了会儿，大的脸上就有了些骄傲。

大说，小，你往回看。

小回首来路。小看到两条逶迤而来的银线，似穿透了雾蒙蒙的岁月，一直伸展下去。

大说，你看到了啥？

小说，银线。

大说，这是咱们的路，蜗牛的道路。

小半天没吱声。小后来说，也许丢了壳，咱们会走得更远些。

小终于疲惫了，颓然地说，哥，我想歇会儿。

大说，走不动了？

小说，走不动了。

大说，那就歇会儿吧。

大把身上的壳放平，打了个哈欠，说，还真是有点累了。

大迅速地把身子缩进了壳内。小呆了会儿，也把身子缩进了那个坚硬的壳子。